La maga dei semafori

e altre storie elementari

GIUSEPPE CALICETI

La maga dei semafori

e altre storie elementari

Rizzoli

© 2013 RCS Libri S.p.A., Milano
Prima edizione Rizzoli narrativa maggio 2013
ISBN 978-88-17-06671-6

*A mia figlia,
alle sue amiche,
ai suoi amici.*

"Oh, com'è piccolo il mondo!
Oh, come sono grandi le ciliegie!"
Jean Arp

Il Principe Azzurro
che non ci sapeva fare con le ragazze

Lunedì il Principe Azzurro arriva a cavallo al castello del regno confinante con il suo, dove abita la principessa Ginevra.

«Ciao, Principe Azzurro» dice Ginevra affacciandosi al terrazzo della torre più alta. «Cosa mi hai portato?»

«Io?» risponde il Principe Azzurro. «Io non ti ho portato niente. Sei tu che mi devi dare qualcosa.»

«Va bene» dice Ginevra. «Allora ti do queste caramelle.»

E getta una manciata di caramelle giù dalla torre.

Il Principe Azzurro le raccoglie, rimonta sul cavallo e torna al suo castello.

«Dove sei stato oggi?» gli chiede il re padre.

«A trovare la principessa Ginevra.»

«Cosa le hai portato?»

«Niente. Ma lei mi ha dato queste caramelle che ho in testa.»

«Ma le caramelle non si mettono sopra la testa! Si mettono in bocca! In bocca! In bocca!»

Martedì il Principe Azzurro esce a cavallo dal castello e raggiunge un campo. Alcune giovani contadine stanno mietendo il grano.

«Buongiorno, Principe Azzurro» dice una bella contadina. «Cosa mi hai portato?»

«Io? Niente. Sei tu che mi devi dare qualcosa!»

«Va bene. Allora ti do queste collana» dice la bella contadina. Si strappa la collana che ha al collo e gliela lancia. Il Principe Azzurro la afferra al volo e torna al suo castello.

«Dove sei stato oggi?» chiede la regina madre.

«So-gno sta-u-to a fua-re un gui-ro in caum-pua-gna...»

«Ma perché parli così, figlio mio?»

«Perché ho u-nua cuol-lua-nua in buoc-cua.»

«Ma le collane non si mettono in bocca! Ma al collo! Al collo! Al collo! Al collo!»

Mercoledì il Principe Azzurro raggiunge a piedi la città. Entra in un negozio d'abiti ed è accolto da una graziosa commessa.

«Buongiorno, signore. Cosa mi ha portato?»

«Io? Perché dovrei averti portato qualcosa?»

«Non sei un Principe Azzurro?»

«Sì, lo sono. Ma non ho niente per te. Tu, piuttosto, hai da regalarmi qualcosa?»

«Va bene. Ti do questo paio di calzini.»

Il Principe Azzurro torna al suo castello.

«Dove sei stato oggi?» gli chiede suo nonno.

«In città» risponde lui.

«Perché hai quel paio di calzini attorno al collo?»

«Me li ha dati la commessa di un negozio d'abiti.»

«Ma i calzini si mettono ai piedi! Sei proprio senza cervello! Ai piedi! Ai piedi! Ai piedi!»

Giovedì il Principe Azzurro sale col suo cavallo in cima alla luna e incontra un'affascinante ballerina che sta ballando da sola.

«Cosa mi hai portato?» gli chiede lei.

«Io? Niente. Sei tu che mi devi dare qualcosa!»

«Va bene. Allora ti do questo orologio.»

Il Principe Azzurro torna al galoppo al suo castello.

«Dove sei stato oggi?» gli chiede sua zia.

«Sono stato sulla luna.»

«Addirittura!» dice la zia, ridacchiando. «E cosa hai trovato?»

«Una ballerina. Mi ha dato questo orologio.»

La zia gli guarda il polso sinistro e non vede nessun orologio. Lui solleva una gamba.

«È qui, legato al mio piede.»

«Ma l'orologio non si tiene attaccato ai piedi! Ma al polso! Al polso! Al polso! Al polso!»

Venerdì il Principe Azzurro va a fare una nuotata al fiume, poi si sdraia lungo la riva per prendere il sole.

«Buongiorno, Principe Azzurro» dice una sirena di fiume che spunta dall'acqua. «È me che cerchi, non è vero? Cosa mi hai portato, niente?»

«Io non cerco nessuno e non ti ho portato proprio niente. Ma se tu vuoi darmi qualcosa...»

«Ti do questo cappello a tre punte.»

La sera, a cena, sua sorella, la principessa Genoveffa, gli chiede dov'era nel pomeriggio.

«Al fiume. A nuotare e a prendere il sole.»

«Cos'hai attaccato al polso?»

«Un cappello a tre punte. Me lo ha dato una sirena di fiume.»

«Ma i cappelli non si attaccano al polso! Si mettono in testa! In testa! In testa! In testa!»

Al sabato il Principe Azzurro fa un giro senza meta e si trova per caso davanti a una scuola mentre suona l'ultima campanella. Ragazzi e ragazze escono con gli zaini sulle spalle.

«Buongiorno, Principe Azzurro» gli dice Margherita, una ragazzina coi capelli neri a caschetto. «Sei venuto a prendermi?»

«No, mi dispiace. La verità è che mi sono perso. Puoi dirmi come posso fare a tornare al mio castello?»

«Se te lo dico, cosa mi dai in cambio?»

«Io? Non ti do proprio niente. Se proprio vuoi, dammi qualcosa tu.»

«Va bene. Ti do una manciata di riso.»

E si mette una mano in tasca, gli dà una manciata di riso e gli indica la strada per tornare al suo castello.

Il Principe Azzurro arriva a casa a notte fonda.

«Dove sei stato oggi?» gli chiedono le guardie del castello.

«Davanti a una scuola. E ho conosciuto una ragazzina.»

Una delle guardie gli guarda in testa.

«Cos'hai tra i capelli?»

«Riso.»

«Tra i capelli? Ma il riso si tiene dentro un sacco! Un sacco! Un sacco! Un sacco!»

Domenica il Principe Azzurro arriva col suo cavallo nella periferia più lontana del suo regno, dove abitano gli uomini e le donne più povere. Vede una giovane donna che sta chiedendo l'elemosina in mezzo alla strada.

«Mio principe, hai qualcosa da darmi?»

«Io? Un principe? A te? Se proprio vuoi, sei tu che mi puoi dare qualcosa.»

«Ma non ho nulla da darti.»

Il Principe Azzurro risale sul suo cavallo.

«No, aspetta. Vengo con te.»

Il Principe Azzurro torna al suo castello con un sacco in mano.

«Dove sei stato oggi?» gli chiede il buffone di corte.

«Nella periferia del regno. Ho incontrato una giovane donna che chiedeva l'elemosina.»

«Le hai dato qualcosa?»

«Io? No.»

«E lei?»

«Neanche lei aveva niente da darmi. Allora... Allora è venuta con me.»

«E dov'è adesso?»

«Qui» risponde il Principe Azzurro aprendo il sacco che ha in mano.

«Ma è vuoto!» esclama il buffone di corte.

«È scappata. Me lo immaginavo. Non voleva stare dentro al sacco.»

«Ma le ragazze non si mettono dentro un sacco! Corri a cercarla e chiedile di perdonarti! Alle ragazze bisogna tirar dietro gli occhi!»

Il Principe Azzurro salta in groppa al suo cavallo e corre a cercarla. Arriva in mezzo alla strada dove l'ha incontrata e non la trova. Arriva davanti alla scuola e non la trova. Arriva in mezzo al fiume e non la trova. Torna sulla luna e non la trova. Nel negozio d'abiti non la trova. In mezzo al campo di grano non la trova. Al castello del regno confinante con il suo, il Principe Azzurro incontra la principessa Ginevra e si accorge che ha lo stesso volto della giovane donna che chiedeva l'elemosina.

«Perdonami per come ti ho trattata. Voglio sposarti.»

«Finalmente!»

La principessa scende dalla torre. Appena il Principe Azzurro la vede, invece di abbracciarla e di baciarla, si cava le pupille con le dita e gliele getta ai piedi.

«Cosa fai?» urla lei inorridita.

«Ti sto gettando addosso i miei occhi!» risponde il Principe Azzurro.

La principessa Ginevra, che lo ama da sempre, rimane così colpita da quel gesto che, dopo essersi ripresa dalla sorpresa, lo sposa anche se lui non ci vede più.

Aldo Tonto, il gallo Sebastiano
e il merito delle galline

A Codemondo, in una fattoria, c'è un pollaio con centoventotto galline. Tante fanno l'uovo ogni giorno. Alcune un giorno sì e un giorno no. Altre solo qualche volta a settimana. Il padrone della fattoria si chiama Aldo Tonto. Non è certo il contadino più intelligente del paese, ma lavora sodo da mattina a sera. Ogni venerdì va in bicicletta a vendere le uova al mercato di Cavriago. E torna a casa con un sacchetto pieno di monete.

Un giorno, mentre Aldo Tonto sta potando la vigna arrampicato su una scala, Sebastiano, il gallo del pollaio, gli dice: «Padrone, segui i miei consigli e diventeremo ricchi.»

«Quali consigli?» chiede Aldo Tonto.

«Quante uova hai trovato oggi nel pollaio?»

«Sessantaquattro uova. Perché me lo chiedi?»

«Per risparmiare non devi più dare da mangiare a tutte le galline del pollaio. Sono troppe. Dai da mangiare solo a quelle che se lo meritano: quelle che hanno fatto l'uovo.»

«E le altre?»

«Cacciale. Sono una spesa inutile.»

Aldo Tonto fa mettere in fila davanti a sé tutte le galline.

«Faccia un passo in avanti chi oggi ha fatto l'uovo.»

Le galline che hanno fatto l'uovo fanno un passo avanti. Le altre, che sono soprattutto pulcini, gallinelle ancora giovani e vecchie chiocce che abitano in quel pollaio da anni, le caccia.

Il giorno dopo Aldo Tonto trova nel pollaio solo trentadue uova. Fa fare un passo avanti alle galline che hanno fatto l'uovo per il secondo giorno consecutivo. Le altre le caccia dal pollaio.

Poi va nella porcilaia a dare da mangiare alle scrofe e ai maiali.

«Cos'è che ti preoccupa, padrone?» gli chiede il gallo Sebastiano. «Più si premia il merito, più il pollaio diventerà grande!»

«Ma intanto le uova sono sempre meno» dice Aldo Tonto.

Un maiale dice: «E poi le galline non fanno l'uovo tutti i giorni!»

«Vuoi forse dar da mangiare a chi non lavora?» chiede il gallo Sebastiano. «Ti fidi più di me o di un maiale?»

Il terzo giorno Aldo Tonto trova solo sedici uova. Caccia le galline che non hanno fatto l'uovo e va nella stalla a mungere le mucche.

«Avanti così e avrò sempre meno galline» borbotta. «Mi chiamerò anche Aldo Tonto, ma una cosa la so: se ho meno galline, di sicuro avrò meno uova.»

«È qui che ti sbagli, amico mio» dice il gallo Sebastiano. «Perché avrai solo le galline migliori, le più meritevoli, quelle che fanno un uovo al giorno per tutti i giorni dell'anno.»

Una mucca dice: «Le galline troppo giovani o troppo vecchie non fanno uova, non lo sapete?»

Peccato che Aldo Tonto sia già uscito dalla stalla e non possa sentirla.

Il giorno dopo nel pollaio ci sono solo otto uova. Aldo Tonto caccia via le galline che non hanno fatto l'uovo.

Più tardi il gallo Sebastiano sale in piccionaia: Aldo Tonto sta dando da mangiare ai piccioni.

«Avevo più di cento galline e adesso ne ho solo otto. C'è qualcosa che non va.»

«Cosa vuol dire, padrone? Sono solo otto, ma sono fantastiche! Non passa giorno che non facciano un uovo. Pensa a quando avrai più di cento galline come queste!»

«Già, quando le avrò?»

«Ci vuole tempo, pazienza. Bisogna selezionare senza fretta. Premiare solo chi lo merita. Cacciare tutte le galline fannullone e perditempo.»

«Sì, sì, ma con solo otto galline come pensi che...»

Un piccione lo interrompe: «Quando queste galline che oggi hanno fatto l'uovo erano troppo giovani, non facevano l'uovo. E non lo faranno quando saranno troppo vecchie.»

«Taci tu, piccione!» grida il gallo Sebastiano. «Meglio otto super galline che cento galline lavative e fannullone! Ti fidi più di un piccione che di me, padrone?»

«Non lo so...» disse Aldo Tonto. «Ma ormai che mi hai trascinato in questa storia, Sebastiano, voglio arrivarci fino in fondo per vedere come va a finire.»

Il quinto giorno, appena Aldo Tonto entra nel pollaio, il gallo Sebastiano chiede: «Quante, oggi?»

«Quattro» risponde avvilito Aldo Tonto.

«Ottimo, padrone. Adesso basta cacciare via le quattro che non hanno fatto l'uovo e...»

«Cacciare via altre galline? Ma così rimarrò con...»

«Con quattro galline che da cinque giorni fanno un uovo al giorno! Le migliori!»

«Sì, sì, ma avanti così e...»

«Fidati di me, padrone. E vedrai che diventeremo ricchi.»

«Questi due sono pazzi!» dice un topo che sta passando di lì in quel momento.

Sesto giorno.

«Oggi... Oggi ci sono solo due uova» sospira Aldo Tonto.

«Solo due?» si stupisce il gallo Sebastiano.

«Perché, quante te ne aspettavi? Ormai nel pollaio non ci sono più galline.»

«Hai la voce triste, padrone? Perché? Dovresti essere contento. Basta cacciar via le ultime due galline fannullone e finalmente avremo le galline che cercavamo! Quelle che ci faranno diventare ricchi!»

«Ricchi? Con due galline? Mica fanno le uova d'oro, le galline...»

«Aspetta e vedrai» dice il gallo Sebastiano. Ma la verità è che neppure lui ormai è più sicuro di quello che sta dicendo.

Diciamo la verità: il settimo giorno Aldo Tonto non si aspetta di trovare centoventotto e neppure sessantaquattro uova, non si aspetta di trovare trentadue e neppure sedici uova, non si aspetta di trovare otto e nemmeno due o quattro uova, ma almeno un uovo sì, almeno un piccolo uovo spera proprio di trovarlo, invece... Invece non trova neppure quello. Eh, sì, è proprio così: Aldo Tonto non trova neppure un uovo che sia uno.

«Zero uova» dice disperato Aldo Tonto.

«Zero? Com'è possibile?» chiede stupito il gallo Sebastiano.

«Le galline non fanno l'uovo tutti i giorni» dice una volpe che passa di lì. «E qualche uovo e qualche gallina, a dire la verità, ogni tanto me li sono mangiati anche io...»

«Cosa vuoi dire? Che ho cacciato troppe galline?» chiede Aldo Tonto.

«Certo!» ride la volpe.

«Lo sapevo, tutta colpa di questo maledetto!» urla Aldo Tonto alzando il forcone contro il gallo Sebastiano. «Mi ha detto che dando da mangiare solo alle galline più meritevoli sarei diventato ricco! E invece adesso ho solo due galline.»

La volpe continua a ridere.

«Anche tu però, contadino, come hai potuto

credere a un gallo? Forse non sai che è l'unico, in un pollaio, a non aver mai fatto neppure un uovo?»

Intanto le ultime due galline rimaste nel pollaio sono tranquillamente appollaiate su una scaletta a pioli.

«Roba da non credere» dice quella con le piume bianche. «Non si giudica una gallina per il numero di uova che fa in una giornata.»

E l'altra, dalle piume nere e marroni: «Se proprio voleva, Aldo Tonto poteva premiare noi galline tutte insieme. Poteva premiare l'intero pollaio.»

«Già» aggiunge l'altra. «Il merito non è mai di uno solo, ma di tanti.»

Carnevale a sorpresa

Elisa esce da scuola, sale sull'auto di sua mamma. Insieme vanno a prendere Francesca all'asilo. Una volta a casa, Elisa pranza in fretta e corre in camera. Dieci minuti dopo esce travestita da pagliaccio.

«Come sto, mamma?»

«Sei buffa» risponde lei imboccando la sorellina. «Sei buffa e sei bellissima!»

«Papà e Matteo quando tornano?»

«Tardi. Papà è all'estero, lo sai. E tuo fratello ha l'allenamento di calcio.»

«Anche oggi? L'ultimo giorno di carnevale?»

«Ogni martedì.»

«Perciò per la festa di carnevale andiamo in piazza solo noi tre?»

«La festa! La festa!» urla Francesca. «Che bella la festa di carnevale!»

La mamma si avvicina a Elisa.

«Veramente oggi ho preso appuntamento con la parrucchiera, Elisa. Scusami, non ho avuto il tempo di dirtelo. Riaccompagno Francesca alla festa di carnevale all'asilo e...»

«E io?» chiede Elisa.

«Tu puoi andare in piazza, non preoccuparti.»

«Da sola?»

«La piazza è qui sotto. E tu ormai sei grande. Vedrai che incontrerai tanti amici.»

Elisa si butta sul divano. La mamma traveste Francesca col suo abito da uccellino, poi si avvicina a Elisa.

«Noi andiamo. Perdonami, amore. Tieni» e le passa una moneta, «comprati quello che vuoi.»

«Ciao» dice Francesca.

E sono già fuori di casa.

In piazza c'è solo un venditore di giocattoli. Carica due paperini a molla con una chiavetta di metallo, li appoggia sopra un asse, loro cominciano a ballare.

«Che buffi! Come danzano allegri! Li voglio!»
«Mi spiace, non sono in vendita» risponde il venditore.
«Perché?» chiede Elisa.
«Non possono ballare solo sul tuo letto e non ballare su quello degli altri bambini.»

Improvvisamente in piazza c'è una grande allegria: è arrivata la sfilata di carri mascherati. Sopra ogni carro ci sono bambini mascherati che gridano e ballano lanciando stelle filanti e fiori di carta.

«Guardate questo bambino di biscotto! Ne avete mai visto uno più grande?»

Elisa si avvicina al venditore di dolciumi, allunga la sua moneta.

«Sembra proprio vero. Mi farà compagnia. Voglio che sia tutto mio.»

«Puoi comprare tutti gli altri biscottini che vedi, ma non lui. È troppo grande per una sola bambina. Se lo mangiassi tutto tu, ti verrebbe un gran mal di pancia. Il bambino di biscotto è per tutti i bambini.»

«Per tutti? Io direi per nessuno.»

«Ti sbagli. Guardandolo, ogni bambino ha il cuore più dolce.»

Elisa guarda i bambini mascherati intorno a lei e si accorge che tutti stanno sorridendo e hanno qualcosa di dolce in bocca: una caramella, un lecca-lecca, una pasta, una fetta di torta, una liquirizia, un cioccolatino. Possibile che prima non se ne sia accorta?

C'è un venditore di animali. Ha cagnolini, pesci,

scoiattoli, porcellini d'India, gatti, canarini, conigli nani. Elisa è affascinata da tre pappagallini che cantano. Allunga la sua moneta.

«Voglio i tre pappagallini.»

«Ma sono miei. Li porto con me perché tutti li ascoltino.»

«Voglio che cantino ogni giorno per me!»

«Sicura di non voler nessun altro animale?»

«Se non posso avere loro, non voglio nessun altro animale.»

Elisa si accorge che lo sportello della loro gabbietta dorata è aperta.

«Ti sei accorto che la gabbia è aperta? Non hai paura che escano fuori e volino via?»

«Ma per cantare così felici devono essere liberi d'andare e di ritornare quando vogliono. Nessuno li può comandare o tenere prigionieri.»

Intanto arriva in piazza una banda che suona un'allegra marcetta. Dietro c'è un corteo di saltimbanchi, mangiafuoco, trampolieri. Elisa si mette a ballare insieme a loro. Quando è stanca, si avvicina a un teatrino. Lo spettacolo è finito, il burattinaio sta rimettendo a posto i burattini in una valigia.

«Come sei bello, Arlecchino! Raccontami una storia!»

«Arlecchino è muto, bambina. È solo un burattino.»

Elisa allunga la sua moneta. Il burattinaio scoppia a ridere.

«Una sola moneta? Per uno dei miei burattini? Non te lo darei neppure per mille!»

«Perché?»

«Ma perché Arlecchino è un burattino. Deve stare con gli altri burattini. Solo se sta con loro io posso inventare storie e far emozionare i bambini!»

Elisa torna a casa, va in camera sua.

«Perché sei triste?» le chiede la mamma.

«Perché il carnevale sta finendo. Non ci sarà più gioia fino all'anno prossimo.»

La mamma si siede sul letto con lei, la abbraccia. Elisa si lascia scappare una lacrima.

«Il carnevale si sciupa, se una bambina piange. Se invece tu sei allegra, non finisce mai.»

«Non prendermi in giro, mamma. Il carnevale è finito, lo so. Non ci sarà più nessun carnevale fino al prossimo anno. E io non sono riuscita a comperare né l'allegria dei due paperini ballerini, né la dolcezza del bambino di biscotto, né la felicità dei tre pappagallini, né la bellezza di Arlecchino.»

«Certe cose non si possono comprare, Elisa. Si possono solo regalare.»

«Tutto sta finendo. Anch'io fra poco non sarò più un pagliaccio.»

«Ti sbagli» sorride la mamma. E grida: «Festa a sorpresa!»

Una musica allegra si diffonde in tutta la casa.

Il suo fratellone, il papà e la piccola Francesca entrano in camera mascherati: Matteo da Arlecchino, papà da bambino di biscotto, Francesca col suo solito costume da uccellino.

«E tu, mamma?» chiede Elisa.

«Vieni con me, bimba pagliaccio. Aiutami a indossare il mio abito.»

Corrono insieme nella camera di papà e mamma. Sul lettone c'è un bellissimo vestito da paperina a molla.

Principesse

Tanto tanto tempo fa la luna non esisteva e le notti erano così buie che nessuno poteva uscire di casa senza rischiare di inciampare nei propri piedi. E così tutti stavano chiusi nelle loro case o nei loro castelli finché non arrivava l'alba e spuntava il sole.

Un giorno la principessa della Notte e la principessa della Luce si incontrarono in mezzo al grande prato azzurro del cielo. In mezzo al grande prato splendeva solitario il sole.

«Il sole è mio!» disse la principessa della Notte.
«No, è mio!» disse la principessa della Luce.

Cominciarono a bisticciare.

A un certo punto la principessa della Luce chiamò sua madre.

La regina della Luce disse alla principessa della Notte: «Il sole è di mia figlia!»

La principessa della Notte andò a chiamare i suoi genitori.

Il re e la regina della Notte dissero: «Il sole è di nostra figlia!»

La principessa della Luce e sua madre andarono a chiamare il re, i cavalieri e le dame di corte del castello della Luce.

Il capo dei cavalieri del regno della Luce disse: «Il sole è nostro!»

La principessa, il re e la regina della Notte andarono a chiamare i cavalieri, le dame di corte, il generale supremo e tutto l'esercito del regno della Notte.

Il generale supremo dell'esercito del regno della Notte gridò: «Siamo pronti a combattere fino alla morte per conquistare il sole e donarlo alla nostra Principessa.»

«Anche noi!» gridò il generale supremo dell'esercito del regno della Luce che, intanto, era arrivato nel grande prato azzurro del cielo insieme al suo esercito.

«Il sole sarà di chi vincerà la guerra! Noi!» gridò il re della Notte.

«Il sole sarà di chi vincerà la guerra! Noi!» gridò il re della Luce.

Il grande prato azzurro del cielo stava per trasformarsi in un campo di guerra e di morte.

Ma improvvisamente la principessa della Luce cambiò idea.

«Non importa, signori. Lascio il sole alla principessa della Notte.»

«Ma a me non interessa più» disse la principessa della Notte. «Tientelo tu.»

«Va bene» disse la principessa della Luce. «Vorrà dire che lo lascerò splendere solitario in mezzo al cielo.»

«Va bene» disse la principessa della Notte, «non sarà né mio né tuo, ma di tutti.»

La regina della Notte guardò la regina della Luce. Il re della Luce guardò il re della Notte. Le dame e i cavalieri della corte della Notte guardarono le dame e i cavalieri della corte della Luce. Il generale supremo e tutti i soldati dell'esercito del regno della Luce guardarono i soldati e il generale supremo dell'esercito del regno della Notte. Nessuno sapeva più cosa dire e cosa fare.

Erano tutti imbarazzati.

«Torniamo al nostro castello» dissero alla fine il re della Luce e il re della Notte. E ognuno tornò da dove era venuto.

Tutto pareva essersi concluso nel migliore dei modi, ma non era così: dal giorno dopo il sole non spuntò più e il mondo rimase immerso in una notte senza fine.

Un anno più tardi la principessa della Luce e la principessa della Notte si incontrarono di nuovo in mezzo al grande prato azzurro del cielo, che nel frattempo era diventato un prato nero. Insieme a loro non c'erano più né soldati né generali, né dame né cavalieri, né re né regine, né padri né madri. Erano sole.

«Ciao» disse la principessa della Notte.

«Ciao» rispose la principessa della Luce.

Iniziarono a chiacchierare e, questa volta, invece di bisticciare diventarono amiche.

Il giorno dopo il sole riprese a illuminare il mondo splendendo in mezzo al grande prato azzurro del cielo. Ma la vera sorpresa avvenne di notte: nel cielo comparve la luna.

Anche oggi, quando la principessa della Notte e della Luce non bisticciano, di notte spunta la luna.

La pera
che si dava troppe arie

Una pera si dava delle arie. Troppe arie. Non si sentiva una pera uguale a tutte le altre pere. Si dava delle arie per via della sua forma un po' più arrotondata rispetto a quella delle altre pere sue amiche.

«Io non sono una pera come voi» sosteneva con orgoglio e convinzione. «Guardatemi! Guardatemi bene! Guardate la mia forma!»

«Va be', ti stiamo guardando» disse una sua amica pera. «E allora?»

«Come, non vedete?»

«Sì, sì, vediamo, hai una forma un po' più arrotondata della nostra, è vero. Ma ognuna di noi ha una forma leggermente diversa dall'altra e questo non vuol dire che sia una mela, un mandarino o una banana.»

«Guardate bene come sono fatta!» gridò di nuovo la pera che si dava delle arie. «Voi vi sbagliate! Io in realtà sono una mela!»

Tutte le pere la guardarono e pensarono: «È una pera, non c'è dubbio, ma ha una forma leggermente più arrotondata di noi e allora si crede una mela! Che follia!»

La pera che si dava delle arie si rinchiuse in casa sua e iniziò a scrivere un libro in cui raccontava la sua vita di mela incompresa. Cioè, la sua vita di pera incompresa. Poi uscì soddisfatta da casa, tornò dalle sue amiche pere e lesse ad alta voce tutto il libro, dalla prima all'ultima pagina.

«Ma questa è la storia di una mela!» disse una delle pere più piccole.

«Certo!» rispose la pera che si dava delle arie. «Perché io sono una mela!»

«Va be', sei una mela» disse un'altra pera col picciuolo a punto interrogativo. «Se vuoi che noi ti consideriamo una mela, da oggi io e le altre tue amiche lo faremo. Non ti chiameremo più pera, te lo giuriamo. Ti chiameremo mela, come vuoi tu. Soddisfatta?»

Ecco, da quel momento la pera che si dava tante arie smise di darsi arie.

Sì, insomma, non aveva più niente da dire.

La maga dei semafori

Io e papà usciamo di casa alle 7 e 30 del mattino. Papà mi sistema la cintura che serve per tenermi ben stretta al seggiolino dietro, quello piccolo dove sto seduta io. Si mette al volante. Accende il motore. Partiamo in auto verso il centro della città. Perché noi abitiamo in periferia e la mia scuola è proprio in centro.

Più ci avviciniamo al centro della città, più in strada c'è traffico e confusione. È così tutte le mattine. Sembra che tutti quelli che incontriamo siano in ritardo. Mentre viaggiamo io guardo fuori dal finestrino: la città è un formicaio impazzito.

Ogni tanto papà mi lancia un'occhiata dallo specchietto retrovisore e mi dice: «Gioia, tutto a posto?» Io rispondo: «Sì, certo.»

In realtà io ho due nomi: mi chiamo Gioia Sofia, ma tutti mi chiamano solo Gioia, anche mio papà e e mia mamma. Mi hanno dato due nomi perché non si mettevano d'accordo su quale scegliere.

«Ci mancava solo il semaforo!» dice papà frenando. Si incolonna dietro a una fila di auto in attesa che il semaforo diventi verde.

«Io e te siamo sfortunati con i semafori... Non ne prendiamo mai uno verde!»

«Non è vero.»

«Forse hai ragione tu, Gioia. Più hai fretta, più i semafori sono rossi.»

Lungo la strada che va da casa alla mia scuola ci sono tre semafori. Li conosco a memoria. Il primo semaforo, quello dove siamo fermi adesso, è come un cono di gelato pistacchio-arancio-ciliegia piantato nel marciapiede. Il secondo, vicino alla ferrovia, è appeso a un lungo braccio di ferro ricurvo. Il terzo, bellissimo, vicino all'ospedale e al parco pubblico, altissimo, sospeso in mezzo a un incrocio, è appeso a un filo che dondola e sembra un disco volante.

Lo ammetto: a me i semafori piacciono molto. Sì, insomma, mi sembrano proprio interessanti. Le luci colorate che si accendono mi hanno sempre attirato. A mio padre invece no, i semafori non piacciono. Tutte le volte che ne vede uno si agita. Soprattutto quando è rosso. Diventa nervoso. Inizia a parlare da solo. O parla da solo o parla col semaforo. Giuro. Per esempio, delle volte dice: "Quanto ci metti a diventare verde?" Oppure: "Ma sei rotto? Ti sei incantato?!" A chi sta parlando? A me? Neanche per sogno! Sta parlando al semaforo! Anche se tutti sanno che i semafori non parlano con le parole ma solo con i colori! Altre volte papà guarda l'orologio e dice solo: "Porco cane!" o "Mannaggia!" Ma che colpa ha il semaforo se a volte diventa rosso? Se non diventasse mai rosso, sarebbe un semaforo? Io dico di no.

A me non piace vedere mio papà così triste e nervoso.

«Se vuoi lo faccio diventare verde» gli dico.

«Ah, sì? E come fai?»

«Con una magia.»

«Fammi vedere» dice lui con aria di sfida.

Non perdo tempo.

«Allora, adesso dico la formula magica e il semaforo diventerà subito verde!»

«Vediamo...»

«Magia, magia, il semaforo Rosso Osso non è più Rosso, non è più Osso e non è più Posso. Il semaforo improvvisamente diventa... Verde!»

E il semaforo diventa veramente verde. Giuro.

«Visto?» dico soddisfatta.

«Bravissima!» sorride papà. E ripartiamo in auto verso la mia scuola.

Mentre arriviamo al semaforo appeso al grande braccio di ferro ricurvo, quello diventa giallo e poi, qualche secondo dopo, diventa rosso.

«Uffa!» dice papà rallentando e accodandosi alle altre auto.

Il fatto è che, come ho già detto, a lui i semafori agli incroci delle strade non piacciono. Non gli sono mai piaciuti. Papà preferisce le rotonde che vanno di moda adesso. Anche se le rotonde sono tutte uguali. Sono noiose. Nella nostra città se ne sono accorti tutti che le rotonde sono più noiose dei semafori. Infatti adesso ci mettono dentro delle cose per renderle più belle: fiori, alberi, statue, scritte e altre cose. Io, però, preferisco sempre i semafori.

«Faccio ancora la magia?»

«Prova, Gioia. Ma questa volta dubito che riuscirai a farlo diventare verde...»

«Perché?»

«Perché... Perché prima può essere stato un caso, non credi?»

«Cosa vuoi dire? Che per te la mia magia non funziona?»

«No, no. Solo che magari...»

Papà non riesce più a finire la frase, così inizio subito con la mia formula magica.

«Magia dei Semafori Ori Ori, il Semaforo Oro Oro non è più Rosso Osso Posso, non è più Giallo Gallo Tarallo, ma diventa improvvisamente attentamente immediatamente... Verde.»

«È ancora rosso» ridacchia papà. «Non funziona più, la tua magia?»

«Aspetta, la formula non è ancora finita.»

«Ah, no?»

«Semaforo Rosso Osso Grosso Posso Ma Non Posso, Semaforo Toro Coro Loro, Semaforo Fosso... Non sei più Grosso. Non sei più Toro. Non sei più Grosso e non sei più Fosso.

E se non diventi subito Verde, io ti trasformo in un... Serpente!»

Il semaforo diventa verde. Ripartiamo.

«Vedi che funziona, papà?»

«Ma come hai fatto?»

«Segreto» dico io.

Anche il terzo, bellissimo semaforo, quello sospeso in mezzo all'incrocio, quello appeso al filo che dondola e sembra un disco volante, è rosso come un pomodoro. Ci incolonniamo insieme alle altre auto.

«Ancora rosso!» sbuffa papà. «Per fortuna ho in macchina con me la Maga dei Semafori.»

Sorrido.

«Io lo so perché non ti piacciono i semafori, papà.»

«Ah, sì? Perché?»

«Perché quando diventano rossi ti devi fermare.»

«Hai ragione.»

«A me invece piacciono, lo sai?»

«Veramente?»

«Sì. Perché a me piace anche fermarmi, ogni tanto. Perché così posso vedere meglio cosa sta succedendo. Posso vedere meglio tutte le cose che ci sono intorno.»

«Anche a me piace fermarmi, Gioia. Ma non al mattino quando ti porto a scuola in fretta e dopo devo correre a lavorare. Perché se arrivo in ritardo dopo si arrabbiano tutti.»

«Ho capito. Vuoi che faccio ancora la magia, vero?»

«Se riesci... Sei tu la Maga dei Semafori...»

«Questo semaforo però è più difficile, lo sai? Bisogna dire una formula speciale.»

«E tu la sai?»

«Certo.»

«Allora dilla subito e non perdiamo tempo, dai!»

«Va bene: Semaforo Rosso come un Fosso Grosso Mosso, Semaforo A Più Non Posso, Semaforo Toro Coro Foro Tutto d'Oro, perché sei così Grosso? Perché sei così Rosso A Più Non Posso?»

Il semaforo continua a rimanere rosso, così io continuo con la mia formula.

«Semaforo Rosso, forse sei Rotto? Semaforo che Non Perde, Semaforo con le Bocche Aperte, per piacere, diventi subito Verde?»

E il semaforo finalmente diventa verde.

Arriviamo al posteggio che c'è davanti alla mia scuola. Papà scende dall'auto, apre la mia portiera.

«Senti, ma chi ti ha insegnato tutte quelle magie per far diventare verdi i semafori?»

«Nessuno. Le ho imparate da sola.»

«Sono bellissime» dice papà mentre mi slaccia la cintura del seggiolino.

«Vuoi che te le insegno? È facile. E poi... E poi c'è anche un trucco segreto. Lo vuoi sapere?»

«Sì.»

«Allora te lo dico: bisogna dire la formula magica finché il semaforo non diventa verde.»

Scendo dall'auto.

«Insomma, delle volte bisogna aspettare di più e la formula magica deve essere molto lunga, altre volte di meno, e la formula deve essere più corta. È questa la magia. Cioè, non è proprio una magia. Un po' è un trucco e un po' è una magia. Per te cos'è? Un trucco o una magia?»

«Una magia.»

Andiamo per mano verso la scuola.

«E funziona sempre?»

«Certo che funziona sempre. Io non ho mai visto un semaforo che non diventa mai verde!»

Nel Paese degli Uomini-TV

Nel Paese degli Uomini-TV tutte le persone, se inizi a guardarle dai piedi in su, sono uguali a noi, ma se li guardi dalla testa in giù, ti accorgi subito che sono diversi perché sul collo, invece della testa, hanno un televisore. Da svegli il televisore è acceso, quando dormono è spento.

La gente si riunisce a seconda del canale. Quelli che hanno sulla faccia una partita di pallone vanno tutti in un posto. Quelli che hanno un film di guerra in un altro. Gli innamorati hanno sempre in faccia film d'amore! Sulla testa di quasi tutti i bambini scorrono le immagini dei cartoni animati!

Avere un televisore al posto della testa può essere divertente, ma ci sono dei problemi. Per esempio non hai gli occhi per vedere, le orecchie per sentire. Non hai neppure il naso, la lingua e la bocca per gustare. Poi tutti parlano sempre insieme.

Quando lavorano, gli Uomini-TV stanno fermi su una sedia e dicono: «Voglio vedere delle immagini di gente che lavora!» Sì, quello è il loro mestiere.

Le scuole come sono? Ogni mattina arriva la maestra con una pila di videocassette di matematica o scienze e le infila in bocca a ogni bambino. Trasmettono insieme le stesse immagini. Ripetono le stesse parole. Siete mai stati in un negozio dove vendono TV? Così!

Be', non ci crederete, ma appena Davide arrivò in quel paese, un anziano signore con l'antenna parabolica in testa gridò: «Quello non è un bambino normale! Guardate! Ha la testa rotonda!»

«Una testa rotonda può essere solo una testa vuota...» aggiunse una donna.

«Che buffo» risero alcuni ragazzi. «Ha proprio la testa a forma di palla!»

Sembra impossibile, lo so, ma Davide fu costretto a scappare da quel paese perché i Bambini-TV non avevano mai visto una palla vera e volevano giocare a calcio con la sua testa!

In un giardino

In un giardino c'erano sei bambini.

«Come si chiamavano?»

Il primo si chiamava Otoco Polotoco Polon Pompotoco Poloco Polocco Povlon Pompottoco Sombo Cotono Cotongo Lovotono Sombo Cotocoto Cocco Coccò.

«Il secondo?»

La seconda, perché era una bambina, si chiamava Ataca Palataca Palan Pampataca Palaca Palacca Pavlan Pampattaca Samba Catana Catanga Lavatana Samba Catacata Cacca Cacà.

«Il terzo?»

Il terzo si chiamava Itichi Pilitichi Pilin Pimpitichi Pilichi Pilicchi Pivlin Pimpittichi Simbi Chitini Chitinghi Livitini Simbi Chitichiti Chicchi Chichì.

«Il quarto?»

La quarta si chiamava Eteche Peleteche Pelen Pempeteche Peleche Pelecche Pevlen Pempetteche Sembe Chetene Chetenghe Levetene Sembe Chetechete Chette Chechè.

«Il quinto?»

Il quinto si chiamava Utucu Pulutucu Pulun Pumputucu Pulucu Puluccu Puvlun Pumputtucu Sumbu Cutunu Cutungu Luvutunu Sumbu Cutucutu Cuttu Cutù.

«E il sesto?»

Il sesto si chiamava Atico Peletico Pelin Pimpetico Pelaco Pelucco Pevlin Pimputico Samba Cutini Cutanga Lavatini Samba Cuticuta Culla Cucù.

«E nella storia cosa succede?»

Niente.

«Come, niente?»

Eh, sì. Niente.

«Perché?»

Perché questi sei bambini avevano i nomi più lunghi del mondo e allora, dopo aver detto a tutti i loro nomi, non c'era più tempo per raccontare nessuna storia e bisognava subito fare la nanna.

«Domani però voglio che me la racconti, questa storia.»

Va bene. O questa o un'altra. Buonanotte.

«Buonanotte, papà.»

Due pinguini all'equatore

Due pinguini trascorsero tutto il giorno a pattinare su una grande lastra di ghiaccio e a nuotare felici nel mare. Al tramonto si addormentarono sulle onde. Mentre loro dormivano, le onde del mare, che anche di notte non dormono e continuano a muoversi, li trasportarono lontano. All'alba i pinguini si svegliarono e si accorsero che l'acqua del mare era più calda, attorno a loro non c'erano né lastre di ghiaccio né iceberg. Arrivarono stupiti alla spiaggia: invece di essere bianco, il mondo attorno a loro era diventato tutto colorato.

I due pinguini si addentrarono nella giungla e incontrarono una zebra.

«Ehi, voi due, chi siete?»

«Siamo due pinguini.»

«Budini? E cosa sarebbero?»

«Pinguini! Non budini! Pin-gui-ni! Siamo animali, non si vede? Veniamo dal polo sud.»

«Perché indossate quel buffo cappotto bianco e nero? Non avete caldo?»

«Non è un cappotto, è la nostra pelle! Siamo fatti così!»

I due pinguini passarono tutta l'estate all'equatore insieme alla zebra e agli altri animali della foresta. Furono delle vacanze indimenticabili. Ogni giorno giocavano a pallavolo sulla spiaggia, facevano gare di surf sulle onde, mangiavano noci di cocco e pesci a volontà.

Finita l'estate i due pinguini regalarono alla zebra un cappotto bianco e nero e partirono tutti e tre in nave per il polo sud. La zebra non aveva mai visto la neve e neppure il ghiaccio e si divertiva moltissimo a fare battaglie di neve e ad andare sullo slittino, ma dopo qualche settimana diventò triste.

«Qui la temperatura è troppo fredda per me» disse. «È un bellissimo posto, ma per me il paesaggio è troppo bianco.»

«Te ne vuoi andare via per questo?»

«No, la verità è che sento la mancanza dei miei amici. Ho tanta nostalgia. Tornerò all'equatore.»

Il giorno dopo la zebra salì sopra una nave e, mentre se ne andava, salutò i due pinguini con una zampa. Mentre sul molo i due pinguini la stavano salutando, si avvicinò a loro la vecchia foca Giovanna.

«Chi state salutando?»

«La nostra amica zebra.»

«Zeta?» disse la foca.

«Zebra, non zeta!»

«E cosa sarebbe una zebra?»

«Un animale!»

«In vita mia ho visto tante specie di animali, ma non ne ricordo uno solo che assomigliasse a quella vostra amica che è su quella nave. Siete sicuri che questa zebra sia proprio un animale?»

I due pinguini scoppiarono a ridere e si tuffarono in mare senza rispondere. E la vecchia foca non riusciva a capire perché.

Vecchi maestri

Un vecchio maestro di scuola stava spiegando ai suoi alunni quanto tempo era necessario per fare il giro del mondo a piedi, e qualcuno inventò la ruota.

Un vecchio maestro di scuola stava spiegando ai suoi alunni quanto tempo era necessario per fare il giro del mondo in carrozza, e qualcuno inventò la locomotiva.

Un vecchio maestro di scuola stava spiegando ai suoi alunni quanto tempo era necessario per fare il giro del mondo in treno, e qualcuno inventò l'aereo.

Un vecchio maestro di scuola stava spiegando ai suoi alunni quanto tempo era necessario per fare il giro del mondo in aereo, e qualcuno inventò un razzo spaziale.

Un vecchio maestro di scuola sta spiegando ai suoi alunni quanto tempo è necessario per fare il giro del mondo su un razzo spaziale, e qualcuno in questo momento sta inventando...

La primavera dei conigli bianchi

C'era una volta una Guardia Notturna. Di fianco alla Guardia Notturna c'era un Pompiere. Di fianco al Pompiere c'era una Principessa Sporca. Di fianco alla Principessa Sporca c'era un Fico Parlante. Di fianco al Fico Parlante c'era una Matrigna Buona. Di fianco alla Matrigna Buona c'erano Tre Porcellini d'India. Di fianco ai Tre Porcellini d'India c'era una Commessa Bassa. Di fianco alla Commessa Bassa c'era una Strega Elegante. Di fianco alla Strega Elegante c'era un Cavaliere Su Un Cavallo Alato. Di fianco al Cavaliere Su Un Cavallo Alato c'era un Gelataio Con Tre Coni In Testa. Di fianco al Gelataio Con Tre Coni In Testa c'era un Benzinaio Biondo Con Un Orecchino Al Naso. Di fianco al Benzinaio Biondo Con Un Orecchino Al Naso c'era un Cantastorie Senza Voce. Di fianco al Cantastorie Senza Voce c'era un Postino Calvo. Di fianco al Postino Calvo non c'era più nessuno. Fine della storia.

«Come? È finita così?»

Se dico che è finita, è finita.

«Ma questa non è una storia!»

Ah, no? E perché?

«Perché non è successo niente!»

Eh, no, qualcosa è successo.

«Cosa?»

È successo che c'erano quelli che c'erano.

«Chi?»

Tutti quelli che ho detto che c'erano in questa storia qui. Loro, non altri.

«Sì, ma non hai detto cosa facevano, cosa è successo. Perciò non è una storia.»

Va bene, forse hai ragione, allora continuo

la storia... Anzi, continuiamola insieme...

Dunque, tutti quelli che erano lì non erano lì per caso, ma si erano dati una specie di appuntamento. Sì, insomma, erano in fila indiana davanti alla biglietteria...

«Sì, la biglietteria del teatro. Per andare a vedere uno spettacolo di danza intitolato *La primavera dei conigli bianchi*.»

E quando arrivava il loro turno, la bigliettaia non gli chiedeva dei soldi, ma solo di dire come si chiamavano.

«Loro dicevano chi erano e poi entravano.»

Quando furono tutti dentro...

«... si spensero le luci, si aprì il sipario, si riaccesero le luci del palcoscenico...»

... e lo spettacolo, finalmente, iniziò. Come era lo spettacolo?

«Fu un bellissimo balletto.»

Adesso la storia è finita?

«Sì. È finita. Ne inventiamo un'altra?»

Veronica e i sette Luigi

C'era una volta una Veronica. La sua Teresa morì. Il suo Davide si risposò con una Chiara cattiva, un'Alessandra che aveva un Riccardo per capello ed era sempre Celeste come una Maddalena. Questa Gaia era molto ma molto Giuliana. Anzi, di più: era una Greta! Era una Immacolata! Ogni giorno chiedeva al suo Lorenzo magico: «Chi è la più Isabella del reame?» E il suo Lorenzo ogni giorno le rispondeva: «Sei tu, mia Antonella.» Intanto il Gerardo passava in fretta e Federica cresceva: era diventata una Luisa più Francesca di un'Anastasia.

Un giorno il Lorenzo magico rispose ad Alice:

«Non sei più tu la più bella, cara Sonia. Adesso la più Susanna del reame è la tua figliastra Beatrice.»

«Chi?» urlò inviperita Melissa.

Poi Esmeralda chiamò immediatamente al suo cospetto il Roberto di corte. Disse: «Vai nell'Antonio e uccidila. Poi portami qui il suo Fabio sanguinante.»

Federico andò insieme a Simona nel bosco. Ma non ebbe il coraggio di un Massimo o di un Riccardo. Raccontò a Cristina cosa aveva detto la sua Maurizia cattiva e le disse di scappare via. Poi uccise un Carlo qualsiasi e portò alla Loredana il suo Daniele sanguinante.

Intanto Nadia trovò nel bosco una piccola Erica. Vi entrò dentro. Si addormentò. Arrivarono a casa dal lavoro i sette Luigi. La svegliarono. Fecero amicizia. Gabriella visse per alcuni anni insieme a loro.

Lucia intanto venne a sapere dal suo Lorenzo

che Benedetta non era Serena ma era ancora Carlotta. Chiamò il Roberto di corte e lo fece uccidere con un colpo di Giuseppe. Poi si travestì da Ida. Andò nell'Antonio. Si avvicinò all'Erica dei sette Luigi mentre loro erano al lavoro. Fece mangiare un'Elisa avvelenata alla povera Stefania. Imma morì. Anzi, svenne. Passò di lì un Osvaldo Azzurro. Vide Sofia. La baciò. Improvvisamente Emilia si svegliò da quel sonno di morte. Appena si videro, i due Ulisse si innamorarono: fu un colpo di Aldo. Si abbracciarono come due Anna Maria. Gridarono insieme: «Ugo!» E vissero per sempre felici e contenti.

Fortuna

Una zebra incontrò un elefante e lo salutò dicendo: «Ciao, coccinella!»

L'elefante rispose: «Ciao, canguro!»

La zebra disse: «Ma io non sono un canguro!»

E l'elefante: «Neppure io sono una coccinella!»

«Ah, no?» chiese la zebra.

«Io sono un elefante» rispose l'elefante.

«Allora io chi sono?» chiese la zebra.

«Tu sei una zebra. Tra noi non c'è nessuna coccinella. Nessuna coccinella e nessun canguro.»

«Incontrare una coccinella porta fortuna» disse la zebra.

«Lo so. Ma io sono un elefante» disse l'elefante.

«Incontrare un elefante porta fortuna come incontrare una coccinella?»

L'elefante ci pensò un po' su e poi rispose: «Porta più fortuna. Perché un elefante è più grande di una coccinella.»

«Veramente? Allora sono stata proprio fortunata!» disse la zebra. E se ne andò via felice per la sua strada.

Non ci crederete, amici miei, ma un poco più avanti la zebra incontrò una coccinella: be', non la degnò neppure di un saluto.

Il bambino Io-Io

Non c'è mai stato un bambino che si chiamava Io-Io. Voglio dire: il suo nome era un altro, ma adesso qui non lo voglio dire. A ogni modo, io ero il maestro di questo bambino. Perché lo chiamavo il bambino Io-Io? Perché ne ho conosciuti tanti di bambini Io-Io, ma mai nessuno come quel bambino Io-Io. Eh, sì, quello era veramente un bambino speciale!

«Chi vuole portare questa busta alla bidella?» chiedevo io.

E il bambino Io-Io gridava: «Io! Io!»

«Chi vuole essere interrogato?»

E il bambino Io-Io gridava: «Io! Io!»

«Quanti anni hai?»

E il bambino Io-Io gridava: «Io! Io!»

«Chi è il più stupidino della classe?»

E il bambino Io-Io gridava: «Io! Io!»

Un giorno uscii con lui dall'aula e gli chiesi: «Scusa, ma tu ci sei o ci fai?»

Il bambino Io-Io mi rispose: «Io! Io!»

«Aspetta, bambino Io-Io, ascolta bene la domanda che ti sto facendo, prima di rispondere. Allora, ripeto, la domanda è questa: perché dici sempre Io-Io?»

Il bambino Io-Io mi rispose con un'altra domanda: «Forse perché voglio essere il primo della classe a rispondere?»

«E perché vuoi essere il primo?» chiesi.

«Per vincere» rispose lui.

«Ma per vincere non basta rispondere per primo, bambino Io-Io. La scuola non è una gara. Non è una corsa.»

«Ah, no?» rise lui.

«Eh, no. Conta di più rispondere bene che rispondere per primo.»

«Ah, ho capito» disse lui.

«Sicuro che hai capito?» chiesi.

«Sicuro» disse lui sorridente.

Rientrammo nell'aula dove c'erano tutti gli altri bambini della classe.

«Quanto fa sette più due?» chiesi.

«Nove! Nove!» disse il bambino Io-Io.

E questa doveva essere la fine di questa storia. Ma ce n'è un altro pezzetto che poi ho aggiunto, ed è questo qui. Non è proprio una continuazione, sono delle domande...

Dunque, bambine e bambini, secondo voi il bambino Io-Io faceva apposta o non faceva apposta a rispondere sempre per primo senza alzare la mano? E perché, visto che senza dubbio era molto intelligente e le sue risposte erano quasi sempre giuste, non riusciva mai ad aspettare il suo turno?

Ve lo chiedo perché io, anche se sono un maestro elementare e lo conosco da almeno vent'anni – perché ormai il bambino Io-Io è diventato grande, è diventato un ragazzo Io-Io, un uomo Io-Io, un papà Io-Io – non sono ancora riuscito a capirlo.

Ippolita, la bambina perfetta

C'era una volta una bambina che si chiamava Ippolita e che cercava amici con cui giocare...

Un giorno Ippolita arrivò in una città dove era in corso una gara di aquiloni. Vinceva chi faceva volare il suo aquilone più in alto. Anche Ippolita fece volare il suo, ma la gara fu vinta da un bambino con gli occhi a mandorla: il suo aquilone a forma di drago volò più in alto e più a lungo degli altri ed era anche il più bello.

Ippolita pensò: "Non è divertente giocare con bambini dagli occhi a mandorla perché tanto vincono sempre loro!" E così decise di andarsene via.

Cammina cammina, Ippolita arrivò in un quartiere abitato solo da bambini con gli occhi tondi che correvano sui pattini. Ippolita cominciò a correre sui pattini con loro. Era bravissima, ma una bambina coi capelli ricci e neri si mise a fare giravolte su se stessa, come una trottola. Era davvero più veloce e più brava di lei e tutti la ammiravano.

"Sì, però ha i capelli ricci e neri e io preferisco giocare con bambini che hanno i capelli lisci e biondi come i miei" pensò Ippolita. E così si tolse i pattini e andò via.

Cammina cammina, Ippolita arrivò in un parco pieno di bambini con gli occhi tondi e i capelli biondi e lisci. Giocavano con delle palle colorate e tra loro c'era un bambino bravissimo che lei trovò bellissimo. Con il cuore che le batteva veloce, Ippolita gli si avvicinò. Ma lui non le rivolse neppure uno sguardo e continuò a giocare con le sue amiche e i suoi amici.

"Non capisco come può trovarsi bene con loro, che sono bassi e grassottelli" pensò Ippolita. Lei era snella e, nonostante fosse ancora una bambina, si sentiva molto alta. Allora si accorse che non ci teneva più a giocare con il bambino bellissimo né tanto meno con i suoi amici. Così se ne andò.

Cammina cammina, Ippolita arrivò in una piazza piena di bambini alti e snelli, con gli occhi tondi e i capelli biondi e lisci. Saltavano con la corda. Ippolita si unì a loro, ma spesso sbagliava. No, non era certo brava come la bambina con i sandali: una vera campionessa! Poteva fare più di cento salti senza sbagliare mai. Più la guardava, più Ippolita la invidiava, finché gettò per terra la corda e se ne andò via.

"Dopotutto, meglio giocare con chi, come me, porta scarpe da tennis" si disse.

Cammina cammina, Ippolita arrivò in un cortile ai piedi di un grattacielo. Tanti bambini alti e snelli, con gli occhi tondi, i capelli biondi e lisci e che portavano scarpe da tennis correvano attorno al grattacielo. Facevano delle gare. Ippolita cominciò a correre insieme a loro. Correre le piaceva, le era sempre piaciuto. Non era la più lenta, ma di certo non era la più veloce. Ad arrivare primi al traguardo erano sempre un paio di bambini. Dopo cinque gare, Ippolita si stancò: "I maschi vincono sempre! È più divertente giocare solo tra bambine" pensò. E così si allontanò.

Cammina cammina, Ippolita salì fino al decimo piano del grattacielo dove alcune bambine proprio come piacevano a lei facevano musica in una stanza. Ognuna di loro suonava uno strumento diverso. La loro musica era così allegra che Ippolita iniziò a ballare. Finché una bambina con gli occhi blu le diede un tamburello con i sonagli.

«Così puoi suonare anche tu» le disse.

Ippolita la ringraziò, ma non prese il tamburello: non osava suonarlo.

"Non voglio fare una brutta figura, soprattutto davanti a una bambina che non ha gli occhi verdi come me" pensò.

Così decise di salire e vedere se c'erano bambine più simpatiche a un piano più alto.

Al dodicesimo piano Ippolita vide sei bambine sedute davanti a sei computer. Erano tutte alte e snelle, con i capelli biondi e lisci, gli occhi tondi e verdi e con le scarpe da ginnastica ai piedi.

«A che cosa giocate? Posso unirmi a voi?» chiese loro Ippolita.

Nessuna delle sei bambine le rispose.

"Sono sorde o sono semplicemente delle maleducate" si disse Ippolita.

Poi pensò che comunque delle bambine senza un orologio al polso destro non sarebbero mai potute essere sue amiche. Perché? Perché naturalmente Ippolita portava il suo al polso destro.

Al ventiquattresimo piano Ippolita entrò in una stanza dove c'erano solo tre bambine sedute a un tavolo. Tutte e tre le assomigliavano molto e portavano anche loro un orologio al polso destro. Giocavano a tirare i due dadi che avevano in mano. Chi faceva saltar fuori il numero più alto vinceva.

Appena videro Ippolita le bambine la invitarono a giocare con loro. La prima volta vinse Ippolita. La seconda volta no. Neppure la terza. Neppure la quarta. Neppure la quinta. Neppure la sesta. Mentre stava tirando i dadi per la settima volta, Ippolita decise che quel gioco non le piaceva.

"E poi quelle bambine non portano neppure gli occhiali!" si disse.

Così si alzò e se ne andò.

Al trentaseiesimo piano del grattacielo Ippolita entrò in una piccola stanza e vide due bambine identiche, senz'altro due gemelle, che giocavano a ping-pong. Era difficile giocare a ping-pong in una stanza così piccola, ma loro ci riuscivano ugualmente. Ippolita aspettò che la partita terminasse per sapere come si chiamavano, ma la partita non terminava mai. Allora Ippolita se ne andò pensando che comunque non si sarebbe trovata bene con bambine che non avevano, come lei, almeno tre unghie della mano sinistra pitturate di verde.

Quattro piani più su Ippolita trovò una porticina alta più o meno come una mezza finestra. Sopra alla porticina c'era scritto: "Club delle bambine alte e snelle con le scarpe da tennis ai piedi un orologio al polso destro gli occhi tondi e verdi gli occhiali i capelli biondi e lisci e che hanno tre unghie della mano sinistra pitturate di verde."

«Ecco il posto giusto per me!» esclamò Ippolita. «Finalmente non sarò più sola! Finalmente troverò delle amiche simpatiche e potrò vivere felice insieme a loro!»

Ippolita si chinò, aprì la porta, si mise a quattro zampe, entrò. Si accorse che la stanzetta era così piccola che lì dentro c'era posto solo per lei.

Sul muro trovò uno specchio: lo sollevò, ci guardò dentro, vide la sua faccia di bambina triste che la stava guardando e scoppiò a piangere.

In fondo a quella stanzetta c'era una finestra piccola piccola. Ippolita si sdraiò sul pavimento, ci infilò dentro la testa e vide dall'alto tutta la città, con tanti quartieri, parchi e cortili. E ovunque c'erano bambine e bambini con la pelle e i capelli di vari colori. Bambine e bambini più alti e più bassi e più grassi di lei. Bambine e bambini che giocavano e che avevano tutti, ma proprio tutti, l'aria di divertirsi.

Ippolita si asciugò le lacrime e... corse giù in strada a giocare insieme a loro. E si accorse di essere finalmente felice.

Il tappeto che non voleva essere calpestato

In una bella villa che si affacciava sul lago di Como abitava un giovane tappeto persiano. In quella villa c'erano tanti altri tappeti: indiani, francesi, spagnoli, italiani. Ogni settimana erano sbattuti e puliti da una donna delle pulizie filippina. Tutti si trovavano bene, tranne uno: il giovane tappeto persiano.

«Mi sento a terra» si lamentava ogni notte, quando tutti dormivano e tutte le cose nella villa prendevano vita. «Come vorrei essere un tappeto volante!»

«Ma i tappeti volanti esistono solo nelle favole!» sospirò la lampada da tavolo.

«Comunque sia» disse il giovane tappeto persiano, «è un'ingiustizia che noi tappeti, da secoli e secoli, continuiamo a essere calpestati!»

«Mah...» sospirò perplessa la lampada da tavolo, «è come se io volessi diventare un lampadario...»

Ma quel tappeto non parlava per scherzo. A forza di lamentarsi, tutti i tappeti di casa iniziarono a pensarla come lui. E iniziarono a ribellarsi e a protestare. E non solo i tappeti, anche gli zerbini.

Quando qualcuno camminava sopra di loro, lo facevano scivolare. Risultato? Un tappeto indiano fu inchiodato al pavimento, gli altri furono arrotolati e portati nel solaio della villa. Lì, nessuno li calpestava più.

Col passare del tempo, tutti i tappeti iniziarono a sentirsi ancora più a terra. Il solaio era buio, freddo. Senza i raggi del sole tutti i tappeti, anche quelli bellissimi e colorati, si sentivano malissimo. Quando si guardavano allo specchio, si vedevano tutti neri o marroni e pensavano di essere diventati bruttissimi. Qualcuno iniziò a rimpiangere i vecchi tempi.

Fortunatamente un giorno in quella casa nacque un bambino. Appena fu capace di camminare da solo, incominciò a fare esplorazioni in solaio con la sua torcia elettrica. A volte si sedeva sui tappeti, li calpestava, ma nessun tappeto aveva il coraggio di farlo scivolare. Anzi, quando c'era lui, i tappeti si sentivano felici, perché il bambino li illuminava con la sua torcia elettrica e a tutti i tappeti, si sa, piace molto essere illuminati e ammirati.

«Mamma, perché non portiamo i tappeti che sono in solaio qui in casa?» chiese un giorno il bambino a sua madre.

«Io sono stanca di avere a che fare con quei tappeti!» gli rispose la madre. «Prima che tu nascessi li pulivamo tutti i giorni e loro mi facevano sempre cadere!»

«Ma hanno dei colori meravigliosi!» disse il bambino. «Non ha senso tenere dei tappeti così belli arrotolati in solaio!»

«Ormai sono vecchi!» disse la donna. «Lasciamoli dove sono!»

Ma quel bambino non parlava per scherzo. A forza di insistere, un giorno lui e sua mamma riportarono i tappeti in sala, nella camera dei genitori, nella cameretta del bambino, in sala e nelle altre stanze di casa. Addirittura in bagno!

Nessun tappeto faceva più lo sgambetto alle persone.

Se qualcuno li calpestava o ci si sdraiava sopra, i tappeti, anzichè sentirsi male, erano contentissimi, perché, è vero, facevano fatica per il peso, ma almeno non si sentivano soli e abbandonati.

Giornali

Il leone, il re degli animali, lavorava in un circo insieme a tanti altri animali.

Un giorno lesse sul giornale che un elefante, con la sua lunga proboscide, era stato sorpreso a rubare una pallina da tennis.

«Gli elefanti sono tutti ladri!» esclamò il leone. «Bisogna cacciarli dal nostro bellissimo circo!»

Così tutti gli elefanti del circo furono cacciati via. E quella sera lo spettacolo fu un po' meno bello del giorno precedente.

Il giorno dopo il leone lesse sul giornale che

una scimmia era stata sorpresa a rubare delle banane.

«Le scimmie sono tutte ladre!» esclamò il leone. «Bisogna cacciarle via dal nostro bellissimo circo!»

E così, oltre agli elefanti, furono cacciate anche le scimmie. E quella sera lo spettacolo fu un po' meno bello del giorno precedente.

Il giorno dopo il leone lesse sul giornale che un cavallo era stato sorpreso a mangiare la biada di un altro cavallo.

«I cavalli? Tutti ladri!» esclamò il leone. «Bisogna cacciarli via dal nostro bellissimo circo!»

E così, oltre alle scimmie e agli elefanti, furono cacciati anche i cavalli. E quella sera lo spettacolo fu un po' meno bello del giorno precedente.

Il giorno dopo il leone lesse sul giornale che una foca aveva rubato un birillo ai giocolieri.

«Le foche sono tutte ladre!» esclamò il leone. «Bisogna cacciarle via tutte dal nostro circo!»

E così, oltre ai cavalli, alle scimmie e agli elefanti, furono cacciate via anche le foche. E quella sera lo spettacolo fu un po' meno bello del giorno precedente.

Il giorno dopo il leone lesse sul giornale che uno struzzo era stato sorpreso a rubare una biglia dentro una bottiglia.

«Gli struzzi sono tutti ladri!» esclamò il leone. «Li caccerò via dal nostro bellissimo circo!»

E così, oltre alle foche, ai cavalli, alle scimmie e agli elefanti, furono cacciati via anche gli struzzi. E quella sera lo spettacolo fu un po' meno bello del giorno precedente.

Sabato il leone lesse sul giornale che un leone era stato sorpreso a rubare una bistecca dal piatto di una leonessa.

«I leoni sono tutti ladri!» esclamò. «Bisogna cacciare dal nostro bellissimo circo tutti i leoni!»

«Ma anche tu sei un leone» disse un pagliaccio. «E non hai rubato niente. Te ne andrai via?»

«Certo!» rispose il re degli animali. «Perché sono un leone! E se un leone ha rubato, vuol dire che posso rubare anche io! Meglio non correre rischi!»

«Ma allora tanto vale sciogliere questo circo» disse il pagliaccio. «Ormai, con questa storia che tutti sono ladri, hai cacciato via tutti gli animali e il nostro non è più il bellissimo circo di un tempo! Se poi adesso te ne vuoi andare anche tu, chi resterà? Solo io? Cos'è un circo con solo un pagliaccio? Senza un leone? Senza neppure un animale?»

«Hai ragione» disse il leone. «Devo smettere di leggere i giornali.»

«Forse devi soltanto leggere meglio i giornali» disse il pagliaccio. «Se sul giornale c'è scritto che un cavallo ha rubato, questo non vuol dire che tutti i cavalli hanno rubato.»

«Hai ragione» disse il leone. «Non abbandonerò più il circo.»

E così fece. Anzi, fece di più. Richiamò gli animali che nei giorni precedenti aveva cacciato. Quella domenica sera si esibirono tutti quanti insieme. Da tempo in quel circo non si vedeva uno spettacolo così bello.

Cristina piange

Cristina piange.

Cristina piange forte.

Cristina piange forte da ieri sera.

Cristina piange forte da ieri sera. Ha trovato un gioco rotto, il suo preferito.

Cristina piange forte da ieri sera. Ha trovato un gioco rotto, il suo preferito: l'orsacchiotto Trudy.

Cristina piange forte da ieri sera. Ha trovato un gioco rotto, il suo preferito: l'orsacchiotto Trudy. È colpa del suo cane.

Cristina piange forte da ieri sera. Ha trovato un gioco rotto, il suo preferito: l'orsacchiotto Trudy. È colpa del suo cane Ernesto.

Cristina piange forte da ieri sera. Ha trovato un gioco rotto, il suo preferito: l'orsacchiotto Trudy. È colpa del suo cane Ernesto, un cucciolo bianco e marrone.

Cristina piange forte da ieri sera. Ha trovato un gioco rotto, il suo preferito: l'orsacchiotto Trudy. È colpa del suo cane Ernesto, un cucciolo bianco e marrone e molto giocherellone.

Cristina piange forte da ieri sera. Ha trovato un gioco rotto, il suo preferito: l'orsacchiotto Trudy. È colpa del suo cane Ernesto, un cucciolo bianco e marrone e molto giocherellone. Suo papà Marco cerca di calmarla e le dice: «Non disperare! Vedrai che insieme riusciremo ad aggiustare il tuo orsacchiotto Trudy!»

Cristina piange forte da ieri sera. Ha trovato un gioco rotto, il suo preferito: l'orsacchiotto Trudy. È colpa del suo cane Ernesto, un cucciolo bianco e marrone e molto giocherellone. Suo papà Marco cerca di calmarla e le dice: «Non disperare! Vedrai che insieme riusciremo ad aggiustare il tuo orsacchiotto Trudy!» Allora Cristina smette di piangere e si calma.

Cosa c'è che non va?

Un piccolo canguro arrivò saltellando in mezzo a un prato di trifoglio.

«Ma come cammini?» gli disse il serpente.

«Cosa c'è che non va?» chiese il piccolo canguro.

«Guarda come faccio io e impara!»

E il piccolo canguro imparò a strisciare come un serpente.

Strisciando il piccolo canguro arrivò accanto al pollaio.

«Ma come cammini?» gli disse la gallina.

«Cosa c'è che non va?» chiese il piccolo canguro.

«Guarda come faccio io e impara!»

E il piccolo canguro imparò a zampettare su due zampe come una gallina.

Zampettando il piccolo canguro arrivò accanto alla stalla.

«Ma come cammini?» gli disse la mucca.

«Cosa c'è che non va?» chiese il piccolo canguro.

«Guarda come faccio io e impara!»

E il piccolo canguro imparò a camminare a quattro zampe come una mucca.

Il piccolo canguro arrivò sulla riva dello stagno dove starnazzavano alcune oche.

«Ma come cammini?» gli disse un'oca.

«Cosa c'è che non va?» chiese il piccolo canguro.

«Guarda come faccio io e impara!»

E il piccolo canguro imparò a camminare co-

me un'oca, dondolandosi e ciondolando un po'
a destra e un po' a sinistra.

Il piccolo canguro arrivò sotto un albero.

«Ma come cammini?» gli disse una giraffa.

«Cosa c'è che non va?» chiese il piccolo canguro.

«Guarda come faccio io e impara!»

E il piccolo canguro imparò a camminare distendendo prima la gamba destra, poi la gamba sinistra e tenendo il collo tutto ritto e lungo come fosse quello di una giraffa.

Il piccolo canguro arrivò fino al mare.

«Ma come cammini?» gli dissero il granchio e il gambero.

«Cosa c'è che non va?» chiese il piccolo canguro.

«Guarda come faccio io e impara!» disse il granchio.

«No, come faccio io!» disse il gambero.

E il piccolo canguro imparò a camminare dapprima da destra a sinistra come il granchio, poi all'indietro come il gambero. E così ripassò sotto l'albero, e vicino alla stagno, e accanto alla stalla, e davanti al pollaio. Alla fine si ritrovò in mezzo al prato di trifoglio da cui era partito.

«Ma cosa stai facendo?» chiese di nuovo il serpente. «Non hai ancora imparato a camminare?»

«Certo che ho imparato!» rispose irritato il piccolo canguro. «Ho strisciato, zampettato, mi sono dondolato un po' a destra e un po' a sinistra, ho camminato a quattro zampe, anche all'indietro, anche come una giraffa, ma ora sono stanco dei vostri insegnamenti, perché tanto non c'è mai nessuno contento di come cammino!»

E il piccolo canguro se ne andò via in mezzo al grande prato di trifoglio saltellando allegramente come tutti i canguri del mondo.

Chi ha paura di Nonno Lupo?

Lupetto Rosso arrivò a casa di suo nonno. La porta era socchiusa. Entrò nel soggiorno. Nonostante fuori splendesse il sole, dentro era tutto buio.

«Nonno, dove sei?» chiese il piccolo Lupetto Rosso.

«Sono qui» rispose una voce che sembrava provenire da lontanissimo. Rauca. Tremolante. Non certo la voce allegra e squillante di suo nonno.

Lupetto Rosso percorse in punta di piedi il breve corridoio con le pareti tappezzate di vecchi poster pubblicitari e mensole su cui erano riposti gli oggetti più strani che avesse mai visto in vita sua.

«Perché la porta era aperta?»

«Mi sarò dimenticato di chiuderla, nipotino.»

«Che voce strana che hai, nonno!»

«È il mal di gola!»

«Nonno, mi dici perché qui dentro c'è così buio? Non si vede niente!»

«Oggi non ho aperto le finestre. Ero troppo stanco. Aprile tu, per favore.»

Lupetto Rosso aprì gli scuri. No, quello che era sul letto non assomigliava per niente a suo nonno. Aveva il pelo più arruffato, i baffi più lunghi. Aveva gli occhi più rossi, la faccia più scavata. E soprattutto si era travestito.

«Nonno, perché ti sei messo quella cuffia in testa e quella sciarpa attorno al collo?»

«Per stare al caldo» rispose Nonno Lupo togliendosi cuffia e sciarpa. «Ma adesso che sei arrivato tu mi sembra già di stare un po' meglio.»

Lupetto Rosso appoggiò il cesto coi bocconcini

di carne che gli aveva dato sua mamma sul pavimento.

«Comunque hai una strana faccia, nonno.»

«Sono malato. Ma tu, Lupetto Rosso, perché hai quella faccia strana, nipotino mio?»

«Sei tu ad avere una faccia strana, nonno.»

Nonno Lupo rise.

«Non mi riconosci più, Lupetto Rosso? Hai paura di me?»

Non la smetteva più di ridere. Più lui rideva, più Lupetto Rosso si arrabbiava.

«Paura io? Figurati!» ululò Lupetto Rosso. Ma la voce un po' gli tremava.

«Vieni più vicino, dai. Così posso darti una bella abbracciata.»

Lupetto Rosso non sapeva cosa fare.

«Che orecchie grandi che hai!» ululò il lupetto.

«Per ascoltarti meglio. Da vecchi ci si sente meno e così le orecchie si allungano e diventano più lunghe, più a punta, non lo sai?»

«Che occhi grandi che hai!» ululò Lupetto Rosso.

«Per ammirarti meglio. Da vecchi ci si vede meno e così gli occhi si allargano e diventano più rotondi, non lo sai?»

«Che zampe grandi che hai, nonno!»

«Per abbracciarti meglio!»

«Che bocca grande che hai, nonno!»

«Per baciarti meglio!» ululò Nonno Lupo agguantandolo con le sue lunghe zampe.

E riempì il suo nipotino di baci.

Il pettirosso

In un nido sopra una grande quercia abitava da sempre un pettirosso.

Un giorno, sugli altri rami della quercia, vennero ad abitare alcuni corvi.

«Io non sono razzista» cominciò a lamentarsi il pettirosso, «sono i corvi a essere neri!»

I corvi non capivano bene cosa volesse dire e, alla fine, il pettirosso indossò pinne e bombole d'ossigeno e andò a costruirsi il suo nido in fondo al mare.

«Io non sono razzista» cominciò a lamentarsi ogni giorno, «sono i pesci del mare a essere troppo muti: non mi degnano mai di una parola!»

I pesci e gli altri animali del mare non capivano bene cosa volesse dire e, alla fine, il pettirosso andò ad abitare sotto la grondaia di una stalla.

«Io non sono razzista» cominciò a lamentarsi ogni giorno, «ma le mucche non sanno volare!»

Le mucche non capirono bene cosa volesse dire e, alla fine, il pettirosso si trasferì sul campanile di una chiesa. Questa volta vicino a lui non abitava nessun altro animale.

«Io non sono razzista» cominciò a lamentarsi, «ma queste campane non sanno far altro che suonare! Se non me ne vado via subito, divento sordo!»

Volò via e vide un platano. Su ogni ramo abitavano dei pettirossi. Cominciò a costruire il suo nido e subito disse: «Io non sono razzista. Sono gli altri pettirossi che credono di avere il petto più rosso del mio!»

A forza di volare da un posto all'altro, il pettirosso tornò sulla grande quercia su cui era nato. Sui rami non c'era più un solo nido: i corvi se ne erano andati.

Mentre costruiva il nuovo nido sentì che per lui quel luogo, adesso, era diventato troppo triste e silenzioso. Volò via in cerca di un altro posto pieno di amici con cui abitare.

Tatanca

Una tribù di indigeni trovò in mezzo alla foresta un oggetto misterioso, un oggetto con le ruote, ma non avendo mai visto niente di simile prima di allora, nessuno riusciva a capire cosa fosse e a cosa potesse servire. Pensarono si trattasse di uno strano tipo di carro, l'unica cosa che fossero in grado di immaginare... Lo fecero trainare da buoi e cavalli e cominciarono a utilizzarlo per trasportare cibo e bevande.

Qualche tempo dopo passò dal villaggio un indigeno che anni prima aveva abbandonato la tribù per andare ad abitare in città.

«Questo non è un carro!» disse l'indigeno.

«E allora cos'è?» chiesero i saggi della tribù.

«È un'automobile!» rispose l'indigeno, «In città ho lavorato più di vent'anni come meccanico! Io le automobili le conosco...»

L'indigeno che aveva a lungo lavorato come meccanico aggiustò il veicolo e, vedendo che si muoveva senza un traino di buoi o di cavalli, tutta la tribù restò allibita.

Qualche tempo dopo cadde dal cielo un uomo aggrappato a una specie di fiore coi fili, una specie di ombrello colorato: era un paracadutista col suo paracadute.

«Che fate?» chiese agli indigeni appena mise piede a terra, «Questo non è un carro né un'automobile!»

«E allora cos'è?» chiesero i saggi della tribù.

«Questo è un aereo!» rispose il paracadutista, «Una macchina che può volare!»

«Volare?»

«Sì, guardate. Io sono un pilota e posso dimostrarvi quello che dico...»

Poi avviò il motore dell'aereo, fece salire a bordo due indigeni e decollò.

Tutta la tribù rimase a testa in su.

Gli indigeni avevano visto volare solo gli uccelli, prima di allora. Nessuno riusciva a credere ai propri occhi.

Qualche tempo dopo passò dal villaggio un famoso astronauta in pensione.

«Che fate?» chiese agli indigeni, «Questo non è un aereo!»

«E allora cos'è?» chiesero i saggi della tribù.

«Questa è un'astronave spaziale!»

«Ma sei sicuro che non sia un carro, un'automobile o un aereo?»

«Certo che sono sicuro! Io sono stato un astronauta e so quel che dico. State a guardare...»

Il famoso scienziato salì sull'astronave, e fece

salire insieme a lui altri due indigeni. Si mise a sedere nella cabina di comando, schiacciò col dito un pulsante rosso e scomparve con l'astronave tra le nuvole.

In qualche minuto arrivò sulla luna!

Quando l'astronave tornò a terra, tutta la tribù interrogò i due indigeni sulla loro esperienza, ma quelli erano rimasti così impressionati da non riuscire neppure a descrivere ciò che avevano visto. Sembravano due pazzi, due ubriachi!

Anche l'astronauta faceva fatica a trovare le parole adatte per farsi capire.

Neppure i vecchi saggi della tribù capivano bene le parole che diceva. O meglio: intuivano qualcosa, ma non credevano a quello che le loro orecchie sentivano. Ciò che era accaduto, anche se realmente accaduto perché tutti l'avevano visto, era al di là della loro immaginazione, al di là dei loro sogni, e loro pensavano si trattasse di una visione.

Qualche tempo dopo nacque in quel villaggio un bambino con le orecchie a punta. Lo chiamarono Tatanca. Appena fu in grado di parlare, durante un'assemblea attorno al fuoco, il piccolo Tatanca alzò la mano e chiese al grande stregone della tribù: «Grande stregone, dimmi, cos'è questo strano oggetto con le ruote?»

«Tua madre non te l'ha ancora detto?» chiese lo stregone.

«No» rispose il piccolo Tatanca. «Per favore, dimmelo tu!»

«Ma è un carro» disse il bisnonno di Tatanca.

«Non è un carro» disse suo nonno. «È un'automobile!»

«Non è un'automobile» disse suo padre. «È un aeroplano!»

«Macché aeroplano!» disse il fratello maggiore di Tatanca. «Questa è un'astronave spaziale!»

«Quale sarà la giusta risposta?» chiesero perplessi al piccolo Tatanca i vecchi saggi del villaggio. «Sembra che tutti a modo loro abbiano ragione.»

Tutta la tribù era immobile e silenziosa.

«A voi cosa sembra?» chiese Tatanca.

Poi non disse più niente.

Quella era la sua risposta.

Una storia diversa

C'era una volta una storia diversa da tutte le altre storie che erano state già raccontate. In realtà non era una vera storia, era solo l'inizio di una storia. Sì, insomma, una frase. Ma una frase speciale, che si poteva leggere in un verso, ma anche nell'altro verso. Insomma, sia andando avanti che tornando indietro. Da destra a sinistra, ma anche da sinistra a destra.

«Non ci credo.»

Perché?

«Perché le lettere che stanno all'inizio non possono essere uguali a quelle che stanno alla fine.»

E con ROMA e AMOR come la mettiamo?

«Ma quella non è una storia e neppure una frase, quella è una sola parola! Anzi, due parole che vogliono dire due cose diverse!»

Le ultime lettere saranno le prime e le prime saranno le ultime. Giuro. E il significato della frase non cambierà.

«Non ci credo.»

Scommettiamo?

«No, non voglio fare nessuna scommessa.»

Hai paura di perdere, eh?

«E quale sarebbe questa frase?»

Perché me lo chiedi?

«Perché se esiste, la voglio sapere.»

Solo per questo?

«No. Anche perché non mi fido di te e voglio controllare se dici la verità.»

Risposta giusta, allora te lo dico. Ma solo a una condizione: dopo continui tu la storia, va bene?

«Ma deve essere una storia che si legge sia avanti che indietro?»

Ma no!

«Allora mi sta bene.»

Controlla. La frase è questa:

ERAN I MESI DI SEMINARE

«...»

Tutto giusto?

«Giusto.»

Bene, allora adesso continua tu la storia.

Sotto il ponte

Sotto il ponte ci sono tre bombe. Passa il Lungo e non le rompe. Passa il nostro re e le rompe tutte e...

«No, non sono bombe, sono bombole! Tre bombole del gas!»

Va bene, allora ricomincio. Sotto il ponte ci sono tre bombole del gas. Passa il Medio e non le rompe. Passa il nostro re e le rompe tut...

«No, non sono bombole, sono bambole!»

Va bene, allora ricomincio un'altra volta. Sotto il ponte ci sono tre bambole. Passa il Corto e non le rompe. Passa il nostro re e le romp...

«No, non sono tre bambole, sono tre bambine!»

Va bene, allora ricomincio un'altra volta. Però è l'ultima! Dunque, sotto questo ponte non c'erano tre bombe e neppure tre bombole del gas. E neppure tre bambole. Ma c'erano tre bellissime bambine. Passa il Lungo e non le rompe, passa il Medio e non le rompe, passa il Corto e non le rompe. Passa il nostro re e... Anzi, no: passo io e le bacio tutte e tre.

Smack!

Smack!

Smack!

«Papà, ma io sono una bambina sola, non tre.»

Infatti ti ho dato tre baci. Buonanotte.

Una lettera, una lamentazione, un segreto e una domanda

Dunque, la lettera l'ho scritta io alla vecchia sedia su cui sono seduto adesso mentre me ne sto qui a scrivere storie per bambini davanti al mio computer. Eccola:

Reggio Emilia, oggi

Povera sedia! Quante volte hai dovuto sorreggermi quando io ero stanco. Ora sei diventata vecchia tu. Ti fanno male le quattro gambe. Alla televisione dicono che dovresti buttarti via per comperare una sedia nuova, una sedia più bella, una sedia più robusta. Ma io non ci penso proprio!

Per me sei la sedia più bella che ci sia. Non mi

importa se non sei più moderna. Se adesso esistono sedie più comode. Se tu sei diventata debole. Per non romperti starò più attento a come mi siedo.

Ciao!

Adesso tocca alla lamentazione. Chi si sta lamentando? Uno dei tre cassetti della scrivania su cui è appoggiato il computer davanti a cui sono seduto. Per la precisione il cassetto più in basso che non apro quasi mai. Non so bene neppure cosa c'è dentro. Aspettate, lo apro e ci guardo. Ecco, l'ho aperto. Non c'è dentro niente, lo sapevo. A ogni modo, ecco a voi la lamentazione:

Sono un cassetto. Sono troppo chiuso in me stesso, lo so. Avrei bisogno di aprirmi di più. Avrei bisogno che qualcuno mi aprisse più spesso, mi riempisse. Così vuoto mi sento solo, triste.

Ora c'è la confessione, che poi è un segreto. Chi

è che si confessa? Ve lo dico subito: nientepopodimeno che Biancaneve. Ecco:

«Care bambine e cari bambini che conoscete la mia storia a memoria fin nei minimi particolari, vi devo confidare un grande segreto: la mela avvelenata, la matrigna travestita da vecchina alla fine della fiaba me l'ha data. Questo è vero come è vero che Eva ha offerto quell'altra mela famosa ad Adamo. Ma c'è un però. Il segreto che devo confidarvi è proprio questo. Dunque, io non so cosa ne ha fatto Eva, della sua mela. Ma io, Biancaneve, la mia mela, ve lo giuro sulla testa dei sette nani, non l'ho mai mangiata. Perché? vi chiederete. Vi rispondo: perché in quel periodo ero a dieta. E allora, invece della mela, quel giorno ho mangiato un'insalata.»

Per finire c'è la domanda. Dunque, vi racconto: giovedì ho visto al Tg una bambina nuda di sei anni con la pancia grande come un cocomero.

Piangeva perché non aveva nulla da mangiare. Il giorno dopo invece, a scuola, durante la ricreazione, ho visto piangere Martina. Anche lei ha sei anni, è una mia alunna. Piangeva perché non aveva il maglioncino firmato come quello della sua migliore amica. Non sapevo come consolarla. Poi le ho detto: «Perché, Martina, dovresti indossare un vestito di Adidas? Di Disney? Di Ferrari? Di Hello Kitty? Di Lego? Di Nike? Di Moschino? Di Valentino? Perché invece dei vestiti di questi signori non vuoi indossare semplicemente i tuoi?» Martina non ha capito bene cosa volessi dire, lo so. Ha solo sei anni. È ancora una bambina. Ma si è asciugata le lacrime con la manica del suo maglioncino di lana non firmato ed è andata con le amiche a giocare alla Settimana.

La fatina invisibile

Adesso vi parlerò di qualcosa di molto importante e di molto segreto. Una cosa da grandi, da adulti. Una cosa che anche i grandi, però, spesso non vogliono dire ai più piccoli. O semplicemente, con tutte le cose che hanno sempre da fare ogni giorno, si sono dimenticati di dirvi. Siete pronti ad ascoltarmi attentamente? Bene, allora io inizio.

Dovete sapere che in tutto il mondo, quando nasce una bambina o un bambino, insieme a lei o a lui, nasce anche una fatina invisibile. Insomma, ogni bambina o bambino ha la sua fatina invisibile. Naturalmente, visto che lei è invisibile, la fatina non si vede, però c'è. Sempre.

Non ci credete? Vi faccio un esempio: scommetto che qualche volta è capitato anche a voi di essere già sdraiati nel vostro letto e di non riuscire a prendere sonno. Vi siete mai chiesti perché? Semplice: perché la vostra fatina invisibile voleva continuare a giocare con voi. Ah, un'altra cosa: per dormire insieme alla fatina invisibile dovete sdraiarvi nel vostro letto e non in quello dei vostri genitori.

A volte, a scuola o per strada, si incontrano bambine o bambini che giocano a palla contro il muro, corrono via anche se nessuno li insegue, parlano da soli o con un pezzo di legno... Non riusciamo mai a sapere se stanno giocando con la fatina invisibile o no. A ogni modo, nessuno di noi riesce mai a vedere nessuna fatina. Va sempre a finire che la fatina invisibile non si vede mai. Va sempre a finire che se non si vede mai c'è qualcuno che dice che non esiste. Ma non è vero: esiste! La verità è che ogni fatina invisibile gioca molto bene a nascondino perché sa nascondersi benissimo.

Neppure a letto, prima di addormentarci, riusciamo mai a sapere se c'è o non c'è la fatina invisibile. Per questo certe volte abbiamo paura del buio. Per questo certe volte abbiamo paura a dormire da soli.

Ci sono persone che dicono che le fatine invisibili non esistono soltanto perché loro non ne hanno mai viste. Secondo me dicono così perché sono invidiose. Oppure hanno troppa fretta. Insomma, sono distratte. Essere distratti vuol dire non essere capaci di guardarsi attorno con la necessaria attenzione e tranquillità.

Bambine, bambini, parliamoci chiaro: se vedere le fatine invisibili fosse facile come vedere qualsiasi altra cosa, animale o persona che vediamo ogni giorno intorno a noi, secondo voi loro sarebbero veramente invisibili? Si potrebbe chiamarle fatine invisibili? Io dico di no. Io dico che sarebbe una bella presa in giro. Per questo non è facile vederle!

A questo mondo esistono tante cose che non si vedono, ci avete mai pensato? L'aria, per esempio. Il silenzio. I profumi. Ma nessuno si sognerebbe mai di dire che l'aria, il silenzio e i profumi non esistono! Ecco, lo stesso è per le fatine invisibili. Possiamo forse dire che non esistono solo perché noi adesso non le vediamo? No, non possiamo. Sarebbe una cosa che non è vera.

Nei libri di fiabe ci sono molte fate, ma nessuna di loro assomiglia a una fatina invisibile. Infatti loro si possono guardare e anche disegnare. Disegnare una fatina invisibile, invece, è un po' più difficile. Ecco, adesso vi faccio il ritratto di una fatina invisibile:

Ve l'ho detto, è difficile disegnarla: perché anche il ritratto è invisibile. E allora, mi chiederete, come sono fatte queste fatine invisibili? Va be', adesso vi dico le loro dimensioni: se le guardate da vicino sono grandi, molto grandi; se invece le guardate da lontano sono piccole, molto piccole.

C'è un'altra differenza tra le fatine invisibili e le altre fate che si vedono nei libri di fate, tutte diverse, tutte con il loro nome diverso: le fatine invisibili, anche se sono tante e sono tutte diverse, hanno tutte lo stesso nome, Mia.

Cosa fa una fatina invisibile? Dove sta? Che carattere ha? Vi spiego. Se non c'è nessuno con te, neppure tua mamma o tuo papà, neppure tuo fratello o tua sorella, neppure i tuoi amici o le tue amiche, la tua fatina invisibile è sempre con te. Se invece c'è qualcuno insieme a te, ci sono tuo papà o tua mamma, tua sorella o tuo fratello, le tue amiche o i tuoi amici, la tua fatina invisibile si nasconde o se ne va via. Perché? Non c'è una spiegazione. È il suo carattere. La fatina invisibile è fatta così: o parli con lei, o parli con gli altri; o giochi con lei, o giochi con gli altri. Insomma, la tua fatina invisibile ti vuole sempre tutto/a per sé!

Quando ha fame, mangia. Quando ha sete, beve. Quando ha sonno, dorme. Quando ha voglia di farti un dispetto, ti fa un dispetto. A ben pensarci, ogni fatina invisibile conduce davvero una vita molto normale.

Ti svegli nel tuo letto in piena notte e ti accorgi che se n'è appana andata. Per questo le lenzuola sono ancora calde!

Cammini senza meta: ecco, stai inseguendo la fatina invisibile!

Quando ti annoi è perché vorresti giocare

insieme a lei. Se però non ti annoi mai, come farai a giocare con la tua fatina invisibile? Ricorda: spesso dalla noia nascono i divertimenti più grandi.

Certe volte sei in mezzo alla gente e ti senti solo/a perché lei non è con te. Certe volte non c'è nessuno insieme a te ma non ti senti solo/a perché lei è con te. Ci avete mai pensato a questa cosa qui? Cosa vuol dire, allora, sentirsi soli? Sentirsi soli vuol dire sentire la mancanza della fatina invisibile.

Quando non c'è nessuno insieme a te, non avere paura: ricordati che la tua fatina invisibile potrebbe essere nascosta alle tue spalle.

A ogni fatina invisibile piace avere molto tempo libero a disposizione da dedicare a sé e agli altri. Alla tua fatina invisibile piace trascorrere il tempo libero insieme a te. Se la ascolti attentamente ti può insegnare ogni giorno nuovi giochi. Ogni fatina invisibile è molto creativa, anche la tua.

Viene a scuola tutti i giorni insieme a te, è vero, ma la tua fatina invisibile, dopo la scuola, non frequenta troppi corsi di danza, calcio, nuoto, karate, musica, eccetera. Se dopo la scuola frequentasse troppi corsi di danza, calcio, nuoto, karate, musica, eccetera, non avrebbe più tempo libero per stare insieme a te.

Non ci crederete, lo so, ma purtroppo ci sono alcune persone che si divertono a dire un sacco di cattiverie sulle fatine invisibili. Io non so cosa ci trovano di divertente, però le dicono. Forse perché loro non sono mai riusciti a vedere una fatina invisibile e allora sono arrabbiate? Forse. A ogni modo, volete sapere quali sono queste cattiverie? Ve le dico subito perché non dovete farvi ingannare. Per esempio, c'è chi dice che le fatine invisibili hanno i baffi. Non è vero! È una bugia! O quando scoppiano le bolle di sapone: c'è chi dice che sono le fatine invisibili a farle scoppiare. Non è vero! Anche questa è una bugia!

Altre persone, invece, dicono che le fatine invisibili sono sorde. O mute. Altre ancora che parlano troppo sottovoce. La verità è un'altra: per ascoltare quello che dice una fatina invisibile non c'è mai abbastanza silenzio.

Ah, se qualche volta ti accorgi di aver evitato per un pelo di commettere un errore, ricordati di ringraziare la tua fatina invisibile per averti avvertito: sarà molto orgogliosa del suggerimento che ti ha dato all'ultimo momento!

Dovete sapere che le fatine invisibili non amano mangiare nei McDonald's anche se in tv fanno bellissime pubblicità dei McDonald's. In realtà loro non amano neppure guardare per troppe ore la tv. Forse non lo sai, ma quando tu accendi la tv, alla tua fatina invisibile viene quasi sempre sonno.

Quando piangi da solo/a nella tua camera, la tua fatina insibile viene sempre a consolarti: infatti, alla fine, smetti sempre di piangere, hai notato?

Scommetto che anche a te, qualche volta, è capitato di arrivare per la prima volta in un posto e di avere avuto la sensazione di conoscerlo, di essere già stato/a in quel posto. Hai ragione: ti stavi ricordando di esserci già stato/a insieme alla tua fatina invisibile.

È incredibile, lo so, ma tutto ciò che tocca una fatina invisibile, per esempio un fiore, resta ESATTAMENTE uguale a com'era prima.

Eppure non è più lo stesso. È più bello. Infatti, guardando quel fiore che lei ha appena toccato, adesso ti viene da sorridere senza motivo.

Appena c'è qualcosa di invisibile, a tutti viene voglia di vederla: è sempre così. Scommetto che qualcuno di voi adesso mi vuole chiedere qualche consiglio per vedere la sua fatina invisibile. Cosa posso dirvi? Dunque, dovete guardarvi attorno con molta, molta attenzione, facendo sempre finta di guardare qualcos'altro, per esempio un albero, una casa, una strada... Lo so, non è un gran consiglio, ma io non ho altro da dirvi, mi dispiace.

A ogni modo, se per caso non avete ancora visto la vostra fatina invisibile, non preoccupatevi troppo: ricordatevi che ogni fatina invisibile è molto timida. A volte, prima di farsi vedere, bisogna parlare con lei ogni giorno anche per dieci o venti anni. Così tanto? Eh, sì. Avete ragione:

per vedere la fatina invisibile bisogna avere molta, molta pazienza.

Ecco, ormai tutto quello che avevo da dirvi sulle fatine invisibili ve l'ho già detto. Mancano solo altre due o tre cose. La prima è questa: i genitori della vostra fatina invisibile sono i vostri stessi genitori. Non ci credete? È la verità!

Se non avete ancora capito chi è la vostra fatina invisibile, correte da loro e chiedete di farvela conoscere. Non sanno bene cosa rispondervi? Niente paura: fategli leggere questo racconto e loro ve lo spiegheranno. O almeno ci proveranno, sono sicuro.

La seconda cosa che voglio dirvi è un po' triste, ma dovete sapere anche questa: dunque, se non parlate per troppo tempo con la vostra fatina invisibile, se non giocate per troppo tempo con lei, la vostra fatina invisibile... muore.

Perciò, mi raccomando, ricordatevi di parlare e giocare almeno un po' ogni giorno con lei.

Ora vi dirò la terza e ultima cosa che dovete assolutamente sapere: dunque, bambine e bambini, se un giorno vedrete la vostra fatina invisibile non gridate: L'HO VISTA! L'HO VISTA! Perché? Ma perché sono sicuro che anche la vostra fatina invisibile, come tutte le fatine invisibili del mondo, è molto sensibile e molto permalosa. Voglio dire: penserebbe di non essere più invisibile e perciò si offenderebbe moltissimo. Anche se la vedete, continuate a camminare tranquillamente per la vostra strada come se non l'aveste vista affatto. Mi raccomando.

Cos'è una storia?

Questa è una storia magica. Non ci credi?
Leggi queste 20 parole:

OMBRELLONE
VETRINA
SERPENTE
SEMAFORO
GELATO
MOTOCICLISTA
MARE
COMPUTER
OROLOGIO
GIRAFFA

SCUOLA
ELEFANTE
PENNARELLO
FARFALLE
PROBOSCIDE
FINESTRA
FIORE
NUVOLA
ANGELI
CAFFÈ

Bene, le hai lette. La sfida è questa: riesci a ripetere in ordine le 24 parole che hai appena letto, senza rileggerle? Non ce la fai? Non preoccuparti. Adesso ti insegnerò un trucco e vedrai che ce la farai. Non ci credi? Leggi attentamente questa storia:

In riva al mare, sulla spiaggia, c'è un OMBRELLONE. Si alza un vento forte, l'ombrellone si stacca dalla sabbia e vola in cielo. Vola e vola e alla fine torna giù e crash, rompe una VETRINA di un negozio dove si vendono animali. Dalla vetrina esce un SERPENTE che inizia a strisciare lungo il marciapiede. Il serpente arriva a un SEMAFORO e inizia ad arrotolarsi al palo e lo stringe, stringe, stringe finché... Il semaforo si stacca da terra e parte verso l'alto come un razzo, poi scende giù e si trasforma in un GELATO e cade proprio in faccia a un MOTOCICLISTA che sta passando in quel momento sulla strada. Il motociclista non vede la curva e finisce nel MARE. Tutta la gente va in riva al mare e si accorge che dalle onde spunta un enorme COMPUTER. Sullo schermo del computer appare un OROLOGIO che si stacca dallo schermo e cade tra la sabbia. Passa di lì una GIRAFFA, lo vede e se lo appende al collo. Guarda che ore sono: le otto, è ora di andare a SCUOLA. Arriva alla scuola degli animali, dove il maestro è un ELEFANTE. Tutti gli animali sono seduti al loro banco. Hanno un PENNARELLO in mano. Il maestro dice di disegnare delle FARFALLE. Per incantesimo le farfalle disegnate si staccano dal foglio e vanno a posarsi sulla PROBOSCIDE del maestro. Il maestro starnutisce e tutte le farfalle volano fuori dalla FINESTRA e si posano su un FIORE. Starnutisce anche il fiore e volano in cielo su una NUVOLA metà bianca e metà nera dove ci sono due ANGELI che stanno bevendo una tazzina di CAFFÈ.

La storia è finita. Bene, ora completate queste frasi scrivendo la parola che manca.

In riva al mare c'è solo un...
Si stacca dalla sabbia e vola e rompe una...
Esce un...
Si arrotola a un...
Che si trasforma in un...
Che cade addosso a un...

Che non vede la curva e cade nel...
Dal mare esce un...
Sullo schermo c'è un...
Passa di lì una...
Sono le otto e va a...
Il maestro è un...
Gli animali hanno in mano un...
Il maestro dice di disegnare delle...
Si posano sulla...
Escono dalla...
Si posano su un...
Volano su una...
Ci sono due...
Che bevono un...

Hai scritto tutte le parole, sono sicuro. La nostra testa è una cosa straordinaria: prima non ci riuscivi, adesso ci riesci. Hai capito perché? Sicuro? Bene, allora adesso rispondi con le tue parole a questa domanda: "Cos'è una storia?"

Cosa abbiamo

Io ho

il Gatto di Pinocchio e il naso con gli stivali
la testa colorata e una matita tra le nuvole
il bacio del vaso e i fiori della buonanotte
le parole mangiate e le unghie per dirlo.

Tu hai

il cielo randagio e un cane azzurro
la moglie piena e la botte ubriaca
un cono da leggere e un libro gelato
le foglie del silenzio e la voce dell'albero.

Egli ha

il messaggio della neve e un uomo in bottiglia
il televisore nel cassetto e un sogno acceso
Cappuccetto Nero e l'Omino Rosso
un cavallo che ride e la maestra a dondolo.

Noi abbiamo

l'ape cieca e la mosca regina
i giorni nell'acquario e i pesci della settimana
Paolo e Francesca, Francesca e Paolo
il rumore degli uccelli e il nido di pioggia.

Voi avete

lo squillo del tesoro e L'isola del telefono
i baffi dell'orologio e le lancette del gatto
l'offerta della mamma e la carezza speciale
la Festa del buio e la paura Mascherata.

Essi hanno

l'uovo nel pagliaio e l'ago di Colombo
l'acqua attenta e una classe frizzante
la ruota aperta e la finestra della fortuna
le mani nei capelli e i capelli nelle mani.

Al parco delle caprette

Appena sono pronta per uscire, vado da papà e gli spiego il programma.

«Adesso la mamma va dalla parrucchiera e tu mi accompagni alle giostre al parco delle caprette.»

«Va bene», risponde lui continuando a guardare il suo computer.

«Guarda, io sono pronta. Dai, andiamo.»

«E la mamma?»

«È pronta anche lei.»

«Non ci credo» sorride lui senza staccare lo sguardo dallo schermo del computer.

È vero: da quando mamma dichiara che usciremo di casa a quando usciamo effettivamente, di solito, passa un'ora. Ma questa volta mamma prende papà alla sprovvista: non è passata neppure mezz'ora ed è già pronta.

«Noi andiamo» dice aprendo la porta di casa.

«Ehi, aspettatemi» grida papà spegnendo il computer.

Io e mamma usciamo di casa. Salgo con lei in ascensore.

«Mamma, ma io non voglio venire dalla parrucchiera con te» protesto io.

Papà ci raggiunge qualche minuto dopo giù in strada.

«Io vado con papà» dico.

«Va bene» dice mamma. «Ciao, Gioia! Ciao, papà!»

Poi parte veloce con la sua auto.

Salgo sull'auto di papà. Mi allaccia la cintura del seggiolino.

«Lo sapevo che saresti arrivato. Hai sentito la mia voce, è vero?»

Papà accende il motore dell'auto.

«In che senso, Gioia?»

«Mentre tu eri in casa io ti dicevo: "Papà, sbrigati. Papà, vieni subito." E infatti tu mi hai ascoltato e sei venuto subito. Sai la scoperta che ho fatto, papà? Tu puoi parlare anche con la mente, con il pensiero.»

Papà sorride.

«Lo sai, Gioia, che questa bellissima cosa che mi stai dicendo adesso, io l'ho capita solo quando è morto mio papà?»

«Certo. Perché i morti sono in cielo e possono sentire i pensieri.»

Arriviamo al parco delle caprette. Parcheggiamo l'auto. Ci incamminiamo sul vialetto che corre lungo il torrente e porta alle giostre.

«Papà, hai capito cosa ho detto?»

«Eh? Ma adesso non hai detto niente.»

«Non con la voce. Col pensiero!»

«No, non ho capito.»

«Ho detto che ero felice di venire al parco con te!»

«Ma quando si è vicini è meglio parlarsi con la voce, non con i pensieri.»

«Be', certo» dico. Poi corro in mezzo al prato.

«Ehi, dove vai?»

«Vado un po' lontana.»

«Perché?»

È un pomeriggio di ottobre. Sul prato ci sono già tante foglie gialle e rosse. Io mi diverto a pestarle, a farle croccare come patatine fritte.

«Hai capito cosa ho detto?» urlo.

«Ma non hai detto niente» risponde papà.

Mi avvicino.

«Ma no. Cosa ho detto col pensiero, papà!»

«Hai detto che pestare le foglie secche è molto divertente.»

«Esatto.»

Papà fa una faccia un po' pensierosa e un po' ridicola.

«Senti, Gioia, però bisogna dirsi la verità: questa faccenda del parlarsi coi pensieri un po' funziona, ma un po' non funziona.»

«Non funziona? Perché?»

«Voglio dire, prima, mentre tu eri in auto con la mamma e mi aspettavi, io non sentivo proprio la voce dei tuoi pensieri, sentivo solo che mi stavi pensando.»

«Però qualcosa sentivi.»

«Certo.»

«Perché vedi, papà, se per esempio io sono sola, posso sempre parlare col pensiero e non sono più sola, capisci? Nessuno è più solo, coi pensieri.»

«Su questo hai ragione. È vero. Hai fatto una scoperta molto importante. Adesso però pensa a giocare con le tue amiche. Guarda, sono già sulle giostre. Io mi siedo su questa panchina e ti guardo da qui.»

«Va bene» dico. Poi corro verso le giostre.

Papà si siede sulla panchina. Dice: «Se hai bisogno, sono qui vicino a te. Chiamami con la voce, mi raccomando. Non col pensiero. Le parole servono per essere dette, per essere usate con la voce, non per essere pensate e basta.»

Il desiderio più grande che si possa desiderare

Un giorno tutti i bruchi del mondo si radunarono in un'immensa vallata per partecipare alla più grande festa di bruchi di tutti i tempi. Per festeggiare il loro incontro accesero un grande fuoco e si misero in cerchio uno accanto all'altro.

«Raccontatemi i vostri desideri per avere un mondo e una vita migliore» disse uno dei bruchi più anziani. «Ma non un desiderio qualsiasi: il desiderio più grande che si possa immaginare!»

I bruchi, a turno, cominciarono a esprimere i loro desideri.

«Io vorrei che mia figlia trovasse un bruco onesto e laborioso» cominciò a dire un piccolo bruco. «E con lui fosse felice come sono stato io quando mi sono sposato.»

«Io vorrei diventare ricco e famoso come la Coca-Cola!»

«Io vorrei che mio figlio fosse più bravo a scuola!»

«Io vorrei essere il Presidente di tutti i bruchi d'America!»

Andarono avanti così per un'ora, finché fu la volta di un bruco magro magro dall'aspetto povero povero. Guardandolo sembrava che non potesse avere neppure un desiderio. Invece...

«Io... Io vorrei volare come un uccello e vedere tutto dall'alto. Vorrei posarmi sui rami degli alberi e sulle antenne della televisione, sulle statue e sui campanili, sulle torri e sui davanzali, sui fili del bucato e sulle mani dei bambini. Vorrei salire in alto fino a toccare le nuvole e poi scendere in picchiata fin quasi a terra e tornare su, su, ancora più su, fino a perdermi nell'azzurro del cielo! Sì, vorrei essere libero di volare dove mi pare! E avere delle piume colorate! E rifugiarmi nel mio nido durante il temporale e poi, appena torna il sereno, riprendere a volare sui campi e sulle città, sui mari e sulle montagne, sul deserto e sui laghi e arrivare con le mie ali in ogni posto della terra e visitarlo senza pagare! Oh, sì, sarebbe bellissimo essere un uccello! Non c'è desiderio più bello!»

Ma un bruco di fianco a lui non era d'accordo.

«Tu sbagli tutto, amico! Pensa se fossi un fiore! Gli uccelli sono solo dei girandoloni! Volano da un posto all'altro in cerca del cibo per sopravvivere, ma non conoscono mai nessun posto veramente! Un fiore, invece, ha le radici ben piantate a terra e, per sopravvivere, non deve andare in nessun posto, non deve fare nessuna fatica, perché succhia il suo nutrimento dal terreno e dall'aria, dal sole e dall'acqua e non ha bisogno di nient'altro! Oh, io vorrei proprio essere delicato e profumato come un fiore! Vorrei avere tanti petali colorati da aprire e da chiudere! Cosa c'è al mondo di più perfetto e meraviglioso di un fiore?»

Da quel momento tutti i bruchi si divisero in due opposte fazioni, e iniziò una discussione tra chi preferiva essere un fiore e chi un uccello.

Col passare del tempo la discussione si fece sempre più animata. Alcuni bruchi, per difendere la propria idea, arrivarono anche a offendere senza motivo i loro amici. E dagli insulti si passò ben presto alle botte. La festa più grande e più bella che fosse mai stata organizzata si trasformò nella più violenta e terribile guerra tra bruchi che si potesse immaginare!

Per fortuna scese la notte. Tutti i bruchi smisero di combattere e si addormentarono esausti uno accanto all'altro…

Il giorno dopo in cielo splendeva un bel sole

e i bruchi si svegliarono meravigliati: si accorsero di non essere più bruchi. Non erano diventati né fiori né uccelli, ma si erano trasformati tutti in splendide farfalle.

La storia è finita.

Avete capito qual è il desiderio più grande che si possa desiderare?

Che le cose vadano come sono andate.

Nota dell'autore

Il Principe Azzurro che non ci sapeva fare con le ragazze è la riscrittura di una brevissima storiella di Andersen. *Carnevale a sorpresa* prende spunto da una fiaba sceneggiata scritta negli anni Cinquanta del secolo scorso dall'amico poeta e avvocato Corrado Costa, poi messa in scena in quegli stessi anni da Loris Malaguzzi insieme a ragazze e ragazzi di scuola media. *Il desiderio più grande che si possa desiderare* è la riscrittura di una storiella ebraica. *Il pettirosso, Nel Paese degli Uomini-TV, Due pinguini all'equatore* sono state pubblicatie sulla rivista «La Vita Scolastica» nell'anno scolastico 2009-2010. *Cosa c'è che non va?* è stato pubblicato dalle edizioni Arka nel 2004 in un libricino illustrato da Isabelle Gornet. *Ippolita, la bambina perfetta* è una storia pubblicata nel 2005 dalle edizioni Arka in un bellissimo album illustrato da Mara Cerri. Questi due libri pubblicati da Arka Edizioni sono stati tradotti in questi anni in numerose lingue diverse. Approfitto qui per ringraziare Ginevra Bompiani per aver concesso il permesso di ripubblicarle in questo libro.

Indice

Il Principe Azzurro che non ci sapeva fare
con le ragazze   9

Aldo Tonto, il gallo Sebastiano
e il merito delle galline   19

Carnevale a sorpresa   28

Principesse   36

La pera che si dava troppe arie   42

La maga dei semafori   45

Nel Paese degli Uomini-TV   55

In un giardino   58

Due pinguini all'equatore	61
Vecchi maestri	65
La primavera dei conigli bianchi	67
Veronica e i sette Luigi	70
Fortuna	73
Il bambino Io-Io	75
Ippolita, la bambina perfetta	79
Il tappeto che non voleva essere calpestato	88
Giornali	92
Cristina piange	97
Cosa c'è che non va?	100
Chi ha paura di Nonno Lupo?	104
Il pettirosso	108
Tatanca	111

Una storia diversa	117
Sotto il ponte	120
Una lettera, una lamentazione, un segreto e una domanda	122
La fatina invisibile	126
Cos'è una storia?	140
Cosa abbiamo	145
Al parco delle caprette	148
Il desiderio più grande che si possa desiderare	154
Nota dell'autore	159

Barbara Pumhösel
La voce della neve

Filomela in greco vuol dire usignolo, ma Filo non è per niente intonata. Non importa, lei la sua passione ce l'ha già: creare figure di neve. E da grande vuole diventare sindaca. Un racconto che viene dal nord, lieve e poetico come la neve.

Andrea Sottile
La principessa capovolta

Una principessa annoiata gironzola in giardino e, ribaltata da qualcosa che assomiglia a uno starnuto, finisce a testa in giù ai piedi di un salice. È l'inizio della fiaba che un papà narra alle sue bambine, Irene e Miranda. Un racconto-gioco per far scoprire ai giovani lettori che con le storie ci si può divertire un sacco.

Michele D'Ignazio
Storia di una matita

Lapo si è appena trasferito in una grande città per realizzare il suo sogno: diventare illustratore. Lo desidera tanto che un giorno tutto il suo corpo, a cominciare dalle mani, assume la forma di una gigantesca matita. Con la punta al posto dei piedi, Lapo semina scarabocchi dappertutto, si fa rincorrere dal portinaio arcistufo di pulire pavimenti e si lancia alla scoperta di un mondo che ha un gran bisogno di essere ridisegnato.

Finito di stampare nel mese di maggio 2013
presso ELCOGRAF S.p.A.
Stabilimento di Cles (Tn)